Schatten der Vergangenheit
Ein Fall für Falkner/Naumann

Buch

Die Kommissare Antonia Falkner und Magnus Naumann werden zu einem Mordfall in den bayerischen Bergen gerufen. Die Gegend ist Antonia wohlbekannt, da dort die Familie ihrer besten Freundin eine Pension führt. Mit dem getöteten Gynäkologen Richard Hansen verbindet Antonia unliebsame Erinnerungen. Wird es dem Team gelingen, die Vielzahl an möglichen Verdächtigen so zu analysieren, dass sie den tatsächlichen Täter zweifelsfrei ermitteln können? Hat Antonia den nötigen Abstand, um den Fall zu lösen und sind ihre Freundin und deren Familie tatsächlich so unschuldig, wie sie es sich wünscht?

Autorin

Sabine Büntig, geb. 1966, lebt mit ihrer Familie in Nordhessen. Das Schreiben gehört schon immer zu ihrem Leben, mehr als 1.000 Artikel sind in der Lokalredaktion der regionalen Tageszeitung sowie weiterer Zeitschriften erschienen. Als Romane veröffentlicht wurden bisher drei Bände der Sunny-Saga. Die generationsübergreifende Familiengeschichte spielt vor der Kulisse Südafrikas.
Kontakt: sunny-saga@gmx.de

# Sabine Büntig

# Schatten der Vergangenheit

Ein Fall für Falkner/Naumann

Bibliografische Information der Deutschen Nationalbibliothek:
Die Deutsche Nationalbibliothek verzeichnet diese Publikation
in der Deutschen Nationalbibliografie; detaillierte
bibliografische Daten sind im Internet über http://dnb.dnb.de
abrufbar.

Umschlaggestaltung: Lisa Ihsbo Coverdesign
Material: AdobeStock

Verlag: BoD · Books on Demand GmbH, Überseering 33,
22297 Hamburg, bod@bod.de
Druck: Libri Plureos GmbH, Friedensallee 273, 22763 Hamburg
ISBN: 978-3-7597-6718-9

# 1.

*Gut, dass es mittlerweile wenigstens richtig hell ist*, dachte Kriminalkommissar Magnus Naumann beklommen. Er klammerte sich mit aller Kraft seines 1.92 Meter großen muskulösen Körpers am Türgriff der Beifahrerseite fest, um in den Kurven nicht vom Sitz geschleudert zu werden. Zu Beginn dieser rasanten Fahrt war es noch dämmerig gewesen. Inzwischen lag dieser Beginn – der mit dem ungeduldigen Hupen seiner Kollegin Antonia Falkner vor seiner Wohnung seinen hektischen Anfang genommen hatte, bereits geraume Zeit hinter ihm.

Seine Kollegin und er liebten den Wagen, in dem sie saßen, gleichermaßen und genau darin lag auch das Problem. Als Kommissare hatten sie die Möglichkeit, ein Zivilfahrzeug als Dienstwagen zu nutzen. Das einzig Dumme an der ganzen Angelegenheit war, dass beide sich aus dem Fuhrpark bedienen mussten und somit das Fahrzeug mit allen anderen teilten. Dass sich dies jemals ändern würde, war nicht zu erwarten.

Der schwarze BMW Rover entsprach so genau ihren Vorstellungen eines perfekten Wagens, dass beide sich nur sehr widerwillig mit einem Platz auf dem Beifahrersitz abfinden konnten.

Nach erheblichen Anlaufschwierigkeiten, die sich über Wochen hinzogen, hatten Antonia und er gemeinsam ein ausgetüfteltes und in ihren Augen sehr gerechtes System entwickelt, bei dem beide

5

auf ihre Kosten kamen. Das Modell beinhaltete einen täglichen Wechsel am Steuer, wobei selbstverständlich auch berücksichtigt wurde, ob überhaupt Fahrten anstanden.

Obwohl sie inzwischen seit fast zwei Jahren ein Team bildeten, lag diese Regelung erst wenige Monate zurück, nachdem sie festgestellt hatten, dass es andernfalls ständige Diskussionen gab, die sich negativ auf ihre Arbeit auswirkte.

Der Wagen stand auf dem bewachten Parkplatz am Revier, für ihren Heimweg brauchten ihn beide nicht. Magnus fuhr lieber sein Motorrad und Antonia war sich nicht zu schade, auch mal öffentliche Verkehrsmittel zu nutzen.

Sie hatte heute zwar noch früher als er aufstehen müssen, um das Fahrzeug abzuholen, aber wenn Magnus an die lange und außergewöhnlich interessante Strecke dachte, die ausnahmsweise vor ihnen lag, hätte er liebend gerne mit ihr getauscht.

Es war wirklich ungerecht, bedauerte er sich selbst, ohne zu wissen, dass sich Antonia bereits vorgenommen hatte, ihren Kollegen für diese entgangene Freude zu entschädigen. Ihm das mitzuteilen, hatte sie allerdings bisher versäumt, jetzt genoss sie erst einmal ihr Privileg.

Ihr bisheriger Weg hatte sich endlos hingezogen. Beide Kriminalkommissare wohnten in Laufnähe voneinander mitten in München und obwohl der Verkehr um diese unchristliche Uhrzeit spärlich war, kam er in der Metropole doch nie völlig zum Erliegen.

Nachdem sie die Stadt hinter sich gelassen hatten, konnte Antonia das Gaspedal zwar stärker durchtreten aber es hatte immer noch eine beträchtliche Strecke vor ihnen gelegen, da sie der aktuelle Fall an die äußerste Grenze ihres Zuständigkeitsbereichs führte. Obwohl sie ihrer Ankunft entgegenfieberte, freute sie sich an dem kraftvollen Brummen des Motors und lehnte sich zufrieden in ihrem bequemen Ledersitz zurück. Ihre von dichten Wimpern umrahmten dunkelgrünen Katzenaugen blitzten begeistert, wenn der Wagen rasant um die Kurven schoss und Magnus richtete den Blick lieber auf sie, als auf die an ihm vorbeirasende Landschaft.

Er fragte sich, warum dieser zufriedene Gesichtsausdruck bei ihr eine solche Ausnahme darstellte, dass er ihm sofort auffiel. Lag es an ihrem kräfte- und nervenzehrenden Job oder war Antonia einfach ein grundsätzlich ernster und verschlossener Typ? Dabei gefiel sie ihm gut gelaunt und fröhlich lachend so viel besser, ihr deshalb häufiger das Steuer zu überlassen, kam allerdings dennoch nicht in Frage.

Zwischenzeitlich hatte sich Magnus vorsichtig erkundigt, ob sie überhaupt noch richtig seien, derart weit außerhalb Münchens waren sie noch nie zu einem Einsatz gerufen worden. Das genervte Schnauben seiner Kollegin musste ihm als Antwort genügen und er hatte es bald aufgegeben, weiter nachzuhaken. Inzwischen sah er seine Hoffnung bestätigt, dass sie sich ihrem Ziel endlich näherten.

Mittlerweile gelangte die eindrucksvolle Gebirgskette, auf die sie bereits geraume Zeit zufuhren, in greifbare Nähe. Die Straße wurde immer schmaler und schraubte sich in engen Serpentinen in die Höhe, ohne dass Antonia ihren Fahrstil auch nur ansatzweise daran anpasste. Obwohl er wusste, dass die Bodenhaftung der Reifen auch auf der taunassen Straße optimal war, hätte er sich liebend gerne selbst ans Steuer gesetzt – ihnen *beiden* zuliebe, wie er eingestehen musste. Natürlich durfte er das niemals laut sagen, ohne einen Wutanfall bei Antonia zu riskieren und dafür war es definitiv selbst für einen Morgenmenschen wie ihn noch viel zu früh.

Nachdem er sich erneut einige Kilometer bemüht hatte, die kurvenreiche Fahrt mit angehaltenem Atem und zusammengebissenen Zähnen durchzustehen, hielt er es nicht länger aus.

„Verdammt Toni, nicht so schnell. Du tust gerade so, als könntest du noch was ändern, wenn du ein paar Minuten reinholst. Ist doch klar, dass die anderen längst da sind, wir haben schließlich den weitesten Weg. Du kennst die Strecke nicht und ..." Er verstummte und richtete seine strahlend blauen Augen auf das verbissene Profil seiner Kollegin.

Kriminalkommissarin Antonia Falkner runzelte die Stirn und entgegnete, ohne ihren Blick dabei von der Fahrbahn zu nehmen: „Du brauchst dir keine Sorgen zu machen, ich bin die Strecke schon mindestens hundertmal gefahren, bei *jeder* Tages- und Nachtzeit und *jedem* Wetter." Sie wischte sich genervt eine Strähne ihrer rötlich-braun Locken aus dem Gesicht, bevor sie fortfuhr. „Die Eltern meiner ältesten Freundin betreiben hier eine Pension, als Kinder waren wir unzertrennlich."

Sie gähnte herzhaft, obwohl sie bereits geraume Zeit auf den Beinen war, hatte der Tag kaum begonnen und sie war noch längst nicht wirklich wach. Im Gegensatz zu ihrem Kollegen fiel es Antonia schwer, morgens in die Gänge zu kommen, auf der anderen Seite hatte sie jedoch keine Probleme damit, bis in die Nacht hochkonzentriert zu arbeiten.

Einfluss auf ihren Fahrstil hatte ihre Müdigkeit allerdings nicht, stellte Magnus bedauernd fest und fragte sich wieder einmal, wie erschöpft sie wohl sein musste, um tatsächlich zur Ruhe zu kommen. Sie schien ständig Vollgas zu geben – und das nicht nur am Steuer eines Wagens.

Um sich abzulenken, versuchte er, sich auf das atemberaubende Panorama zu konzentrieren, das sich vor seinen Augen entfaltete. Die aufgegangene Sonne tauchte die Landschaft in ein sanftes Licht und das Rosarot des Himmels, auf den die schnell ziehenden Wolken interessante, sich ständig verändernde Muster malten, spiegelte sich in dem kleinen Bergsee zu Füßen der vor ihnen aufragenden Gipfel.

Die eben durchbrechenden Sonnenstrahlen schufen eine Postkartenidylle, deren Anblick unzähligen Urlaubern Jahr für Jahr ihr mühsam verdientes Geld aus der Tasche zog.

Diese friedvolle Atmosphäre schien allerdings keinerlei Einfluss auf das Verhalten der Menschen, die sich hier aufhielten, zu nehmen – ansonsten wären sie nicht gerufen worden.

„Ihr seid aber nicht hier aufgewachsen, oder?" Magnus versuchte sich daran zu erinnern, ob seine Partnerin ihm das bereits erzählt hatte. Dabei fiel ihm auf, wie wenig er tatsächlich über sie wusste - obwohl sie Tag für Tag zusammen arbeiteten, viele Stunden miteinander verbrachten und sich seiner Meinung nach prima verstanden.

Antonia war mit Ende zwanzig ein paar Jahre jünger als er selbst und hatte vor ihrem Studium als Streifenpolizistin gearbeitet – viel mehr hatte er bislang nicht erfahren. Einen Vorwurf konnte er ihr aus ihrer Verschwiegenheit nicht machen, auch er sprach nicht gerne über sich selbst und verlor beispielsweise nach Möglichkeit keine Worte über seine jahrelange Tätigkeit als verdeckter Ermittler, geschweige denn über die eine oder andere noch weiter zurückliegende Jugendsünde, die er gerne ungeschehen gemacht hätte.

Antonia schüttelte den Kopf und erklärte, dass sie mit besagter Freundin in München in derselben Straße gelebt und gemeinsam zur Schule gegangen sei.

Ihr Gespräch endete zu seinem Bedauern sehr bald und ziemlich abrupt, als vor ihnen zahlreiche Polizei- und Rettungswagen auftauchten, die die schmale Straße säumten und ein Weiterfahren wirkungsvoll verhinderten. Antonia lenkte den Wagen an den Straßenrand. „Wir sind da, den Rest müssen wir wohl laufen."

Es dauerte nun nicht mehr lange, bis sie ihr endgültiges Ziel erreicht hatten. Rotweißes Polizeiband flatterte im Wind und am Rand der großzügig abgesperrten Fläche stand eine kleine Gruppe Wanderer, die die Personen innerhalb der Absperrung mit unverhohlenem Interesse beobachtete. Überall waren kleine gelbe Hütchen aufgestellt, ein Fotograf packte eben seine Ausrüstung zusammen und mehrere Männer gruppierten sich um einen schwarzen Leichensack. „Die Spurensicherung scheint schon durch zu sein. Ist das da vorn der Gerichtsmediziner? Die waren ja wirklich schnell heute Morgen." Magnus kniff die Augen zusammen und versuchte zu erkennen, mit wem sie es zu tun hatten.

„Oder *wir* besonders langsam", brummte Antonia während sie auf die Wanderer zeigte. „Geh du zu den Leuten da drüben, ich schau mir unser Opfer erstmal genauer an."

Es war nicht der erste Tote, den sie zu sehen bekam, trotzdem würde sie sich wohl nie an diesen ersten Moment gewöhnen. In ihrer Zeit als Streifenpolizistin hatte sie häufig noch vor dem Rettungsdienst als Erste den Unfallort erreicht und der Anblick der Schwerverletzten würde sie ihr Leben lang begleiten. Aber zumindest hatten die meisten noch gelebt, wenn auch vielleicht nur gerade eben noch. Seit ihrem Wechsel zur Kriminalpolizei, Abteilung Tötungsdelikte, wurde die Kommissarin nur dann hinzugerufen, wenn jede Hilfe zu spät kam und die Todesumstände auf eine Straftat hindeuteten.

Antonia schluckte und atmete tief durch, bevor sie sich dem Kopfende der Trage näherte. „Kripo München, Kommissarin Antonia Falkner, dort drüben ist mein Kollege Kommissar Magnus Naumann", stellte sie sich selbstbewusst vor. „Was können Sie mir sagen?"

Ein großer, schlanker Mann im weißen Overall hob den Kopf und ließ seinen Blick über die vor ihm stehende Frau gleiten. Er kannte ihren Namen bisher nur aus einigen Telefonaten und in Sekundenschnelle bemühte er sich nun, seinen Eindruck von ihr mit ihrer persönlichen Erscheinung in Einklang zu bringen.

Ohne dieser Beobachtung irgendeine Bedeutung beizumessen, stellte er fest, dass sie mindestens zehn Jahre jünger sein musste als er selbst und ihre schlanke Figur in den engen Jeans trotz der derben, halbhohen Schnürstiefel bestens zur Geltung kam.

Der Frühnebel begann sich allmählich zu lichten aber es war noch viel zu früh, um die morgendliche Kälte zu vertreiben. Antonia hatte ihre Arme um den Körper geschlungen, obwohl die dunkelblaue Daunenjacke mit dem großen Emblem der Kripo München, die sie sich eben übergezogen hatte, sicherlich auch niedrigeren Temperaturen wirkungsvoll standhielt. Ihre lockigen, rötlich-braunen Haare waren unter einer Pudelmütze verborgen und blitzten nur in einzelnen Strähnen, die sich auf ihren blassen Wangen kringelten, hervor.

„Gerichtsmediziner Hermann Stadl, freut mich, Sie endlich mal persönlich zu treffen. Bisher gibt es nicht wirklich viel ... das Opfer ist männlich, zwischen fünfzig und sechzig und eindeutig tot - seit mindestens neun Stunden, würde ich sagen, da die Leichenstarre bereits voll eingesetzt hat. Gestorben ist er demnach irgendwann im Laufe der Nacht, die genaue Uhrzeit und alles Weitere kann ich erst ermitteln, wenn ich ihn auf dem Tisch habe."

Entschuldigend zuckte er die Achseln, er konnte der jungen Kollegin problemlos ihre Ungeduld ansehen. „Wollen Sie mal sehen?" Bei ihrem Eintreffen war er gerade damit beschäftigt gewesen, den Reißverschluss des Leichensacks zu schließen und hielt nun kurz inne.

Antonia nickte und als sie sich über den Toten beugte, jagte der Blick auf sein Gesicht einen Schauer über ihren Körper. Unwillkürlich keuchte sie entsetzt auf und bemühte sich im nächsten Moment, ihren Schrecken hinter einem Räuspern zu verstecken. Bevor sie die Aufmerksamkeit der beteiligten Männer weiter auf sich ziehen konnte, trat sie schnell einen Schritt zurück und wandte kurz den Blick ab.

Der Tote war ihr trotz seiner geschlossenen Augen und der wächsernen Blässe vertraut und begleitete ihre schlimmsten Albträume seit etlichen Jahren. Bevor sie sich intensiver damit befassen konnte, verdrängte sie jedoch konsequent jede weitere Erinnerung - jetzt war weder der richtige Ort noch die passende Zeit dazu, zunächst galt es, sich auf ihren Job zu konzentrieren.

Um sich abzulenken, richtete sie ihren Blick auf die Umgebung. Neben dem Opfer ragte eine spärlich bewachsene Felswand auf und bei genauerem Hinsehen entdeckte sie abgebrochene Äste, Zweige und Blätter sowie Schleifspuren, die den Anschein erweckten, als sei erst kürzlich etwas Schweres und Unförmiges den Hang hinabgerutscht. Als sie den Kopf in den Nacken legte, sah sie auf dem Gipfel die weißen Overalls der Spurensicherung durch die Büsche blitzen.

„Sieht eher aus wie ein Unfall oder irre ich mich? Warum wurden wir jetzt schon gerufen?" Die Kommissarin runzelte die Stirn und bemühte sich, ihren stockenden Atem wieder unter Kontrolle zu bekommen.

„Genaueres wird uns erst die Untersuchung sagen, möglich wäre es ...", der Gerichtsmediziner wackelte nachdenklich mit dem Kopf. „Allerdings stört mich etwas an dieser Vermutung", er machte eine deutliche Pause, bevor er fortfuhr: „Das Opfer war völlig nackt."

Antonia schluckte, während der Mann langsam den Reißverschluss endgültig schloss und so dafür sorgte, dass sie den Anblick nicht länger ertragen musste.

„Alles in Ordnung, du bist ja ganz blass", Magnus war unbemerkt neben sie getreten und musterte sie besorgt. Er schien die morgendliche Kälte nicht zu spüren, wie gewohnt trug er nur ein T-Shirt unter seiner abgewetzten Bikerjacke und hatte diese nicht mal geschlossen, wie Antonia neidvoll feststellte. Er war selten ohne diese Jacke unterwegs und sie hatte bisher nicht herausgefunden, ob das daran lag, dass er sie einfach liebte oder vor allem deshalb trug, um seine zahlreichen Tattoos zu verdecken.

Wenn letzteres der Grund war, gelang dies allerdings nur unzureichend, denn sowohl die Spitzen des schwarzen Tribal auf dem rechten Arm als auch die Pfote des Flammenlöwen auf dem linken Arm reichten jeweils bis über die Handgelenke. Auch wenn es für sie nie in Frage gekommen wäre, sich einer solchen Tortur auszusetzen, bewunderte sie insgeheim die Kunstwerke.

Der oder die Künstler mussten Meister ihres Fachs gewesen sein – das erkannte selbst sie als Laie. Auf ihre Fragen hatte Magnus ihr augenzwinkernd versichert, dass sein ganzer Körper ein einziges Kunstwerk sei. Sie hatte bisher versäumt, ihn darum zu bitten, es ihr zu zeigen aber allein die Vorstellung reichte aus, um ihr einen wohligen Schauer über den Rücken laufen zu lassen. Wie er es damit in den Kriminaldienst geschafft hatte, war ihr bislang ein Rätsel geblieben, das sie jedoch zu gegebener Zeit lüften würde. Dummerweise reagierte er auf ihre Fragen so ausweichend, dass sie sich noch eine vernünftige Strategie überlegen musste, um dieses Ziel zu erreichen.

„Ich bin okay, die Luft ist wohl ein bisschen dünn hier oben", versuchte sie ihren Kollegen zu beschwichtigen, während sie seinem Blick auswich. „Hast du schon irgendetwas erfahren?"

„Die Wandergruppe hat ihn gefunden, aber viel mehr ist aus ihnen nicht rauszubekommen. Sie

15

stehen wohl alle noch unter Schock, redest du noch mal mit ihnen?" Er wusste, dass Antonia größeres Geschick darin besaß, jede noch so unwichtig erscheinende Information aus einem Zeugen raus zu kitzeln. Seine Stärke lag hingegen definitiv in der Computerarbeit, dort blieb ihm nichts verborgen, während Antonia in aller Regel bereits beim Einloggen seine Hilfe benötigte.

# 2.

Als sie sich den Wanderern näherte, fiel Antonias Blick auf eine Frau, die zusammengesunken auf einem Felsen hockte und ihre Hände vors Gesicht geschlagen hatte. „Franzi?", sie kniete sich auf die Erde und legte die Hände auf die Schultern der Wanderführerin Franziska Dahlke, mit der sie den Großteil ihrer Kindheit und Jugend verbracht hatte. Diese hob ihr tränenüberströmtes Gesicht, über das ein erleichtertes Lächeln glitt. „Toni? Gut, dass du zuständig bist, es ist so schrecklich. Er hat mit seiner Familie in unserer Pension gewohnt. Hast du ihn ..."

„Pscht, ganz ruhig, darüber reden wir später", unterbrach die Kommissarin ihr Gestammel und fragte: „Warum hast du mir nichts davon erzählt?" Es sollte doch eine Selbstverständlichkeit sein, dass sie als Allererste von seinem überraschenden Auftauchen erfuhr – was konnte die Freundin davon abgehalten haben?

Während Franziska schluckte und sichtbar um Worte rang, ließ Antonia sie nicht aus den Augen und überlegte misstrauisch, was an der Frage so schwierig sein konnte, dass die Antwort so lange dauerte?

Bevor sie jedoch erneut nachhaken konnte, wurden sie von Magnus unterbrochen. „Wissen wir schon, um wen es sich handelt? Er ist wohl abgestürzt, die Spurensicherung sucht noch seine Kleidung, vielleicht hatte er Papiere bei sich."

Franziska hatte sich inzwischen gefasst und erklärte mit ruhiger Stimme, dass es sich um den Arzt Richard Hansen handelte, der seit ein paar Tagen mit seiner Frau und den beiden Töchtern in der Pension der Dahlkes abgestiegen war, um hier den Familienurlaub zu verbringen.

Die Kommissare wechselten einen Blick. Es würde wohl an ihnen hängenbleiben, die Angehörigen zu informieren. Um diesen Job riss sich niemand, während sich die Streifenpolizisten bei vielen anderen Gelegenheiten gerne in den Vordergrund drängten.

„Okay, es hilft nichts, machen wir uns auf den Weg aber vorher lass uns noch mit der Spurensicherung reden", seufzte Antonia und wandte sich zum Gehen. „Sollen wir dich nachher mitnehmen?"

Franzi schüttelte den Kopf. „Nein, ich muss mich um meine Gruppe kümmern. Sie finden alleine nie im Leben zurück."

Antonia zögerte und da Magnus bereits einige Schritte voraus und damit außer Hörweite war, wandte sie sich erneut an die Wanderführerin. „Über das andere reden wir später aber was hast du hier eigentlich gemacht? Das ist doch nicht deine übliche Route, stimmts?"

Franzi zuckte die Schultern und entgegnete betont gleichmütig: „Der Sonnenaufgang ist an dieser Stelle spektakulär, ich muss auch mal für ein bisschen Abwechslung sorgen." Im nächsten Moment war sie bereits aufgestanden und auf dem Weg zu ihrer kleinen Gruppe, die immer noch ganz verloren am Rand stand und nicht zu wissen schien, wie sie sich weiter verhalten sollte.

Die Arbeit auf dem Berg schien zunächst beendet zu sein, die zuständigen Mitarbeiter der Spurensicherung hatten sich am Rand der Absperrung versammelt und waren damit beschäftigt, ihre Sachen zusammenzupacken. Als die Kommissare zu ihnen traten, unterbrachen sie ihr Gespräch.

„Okay, auf die Schnelle ein paar Dinge: Oben könnte ein Kampf stattgefunden haben, wir haben ein ziemliches Durcheinander an Fußspuren gefunden." Die Frau, die sich vor ihnen aufgebaut und das Wort ergriffen hatte, strotzte vor Selbstbewusstsein, obwohl sie den Kopf in den Nacken legen musste, um den beiden Kommissaren in die Augen sehen zu können.

Diese Haltung schien ihr zu missfallen, weshalb sie stattdessen damit fortfuhr, ihren weißen Overall abzustreifen, während sie weitersprach. „Wenn es so war, könnten sie da oben miteinander gerangelt haben, vielleicht ist unser Opfer dabei abgerutscht – oder gestoßen worden. Die Fußspuren zuzuordnen wird wegen des steinigen Untergrundes nicht einfach, die ohne Schuhe scheinen zu ihm zu gehören", sie zeigte auf den Toten. „Bei den anderen geht es ziemlich durcheinander, wir müssen erst einmal feststellen, ob sie zu mehreren Personen gehören und welche zu den Schuhen passen, die wir gefunden haben."

Sie schüttelte nachdenklich den Kopf und brachte damit ihre hellbraunen Haare, die sie von der enganliegenden Haube befreit hatte, wieder in Form. „Irgendwie kann ich mir nicht vorstellen, dass er vor seinem Absturz ganz alleine wie ein Wilder dort rumgetrampelt ist, sich dann ausgezogen hat, die Klamotten ein ganzes Stück von der Klippe entfernt unter einem Dornenbusch versteckt hat, wieder zurückgelaufen und dann freiwillig runtergehüpft ist ... Naja, ist glücklicherweise nicht mein Job, Ordnung in das Chaos zu bringen. Den ausführlichen Bericht mit Fotos bekommen Sie spätestens Anfang nächster Woche." Sie wandte sich wieder ihren Kollegen zu und zeigte damit deutlich, dass das Gespräch für sie beendet war.

„Du fährst, ich sag dir den Weg." Antonia warf Magnus den Autoschlüssel zu und beeilte sich, auf der Beifahrerseite einzusteigen.

„Bist du sicher, dass es dir gut geht?" Magnus versuchte vergeblich, sich daran zu erinnern, ob seine Kollegin ihm jemals freiwillig das Steuer überlassen hatte. „Irgendwie bist du komisch drauf, liegt es an der Gegend oder am Opfer?"

„Nun mach schon, ich möchte auch nochmal fertigwerden." Die Kommissarin warf ihm einen Blick zu, bevor sie fragte: „Was denkst du? Ein Unfall, Selbstmord oder Mord?"

Während er überlegte, lenkte Magnus den Wagen vorsichtig die Serpentinen hinunter und fühlte sich am Steuer entschieden sicherer, als zuvor auf dem Beifahrersitz. „Keine Ahnung, wir müssen wohl zunächst alle Möglichkeiten in Betracht ziehen."

Trotz seines defensiven Fahrstils dauerte die Fahrt nicht annähernd lange genug, um ihnen die

Zeit zu verschaffen, ihre Gedanken zu ordnen. Auf den ersten Blick mochte es wie ein Unfall aussehen, aber die Tatsache, dass das Opfer unbekleidet war, sprach ebenso dagegen, wie die Spuren am Abhang. Außerdem befand sich die Stelle nicht an einem der ausgeschilderten Wanderwege, ein Fremder hätte sich zunächst ziemlich verlaufen müssen, um dorthin zu gelangen. Auch das war vielleicht nicht gänzlich auszuschließen, aber was hatte er dort mitten in der Nacht zu suchen gehabt?

Magnus sprach als Erster aus, was beiden im Kopf herumspukte. „Und wenn er *freiwillig* gesprungen ist? Selbstmörder ticken ja irgendwie komisch, vielleicht wollte er seine Klamotten für die Nachwelt schonen?"

Antonia nickte zustimmend, aber wirklich anfreunden konnte sie sich mit dem Gedanken nicht - ohne weitere Informationen ließ sich der Tathergang unmöglich ermitteln.

Umrahmt von Bergen, idyllisch am Ufer des Lunasees, der ihm seinen Namen gegeben hatte, lag der kleine Ort Lunau, in dem sich die Pension befand. Momentan platzte er aus allen Nähten, aber Antonia versicherte ihrem Kollegen, dass sich hier außerhalb der Saison deutlich weniger Leute aufhielten.

Alles war auf den Tourismus ausgerichtet, egal, ob Sommer- oder Wintergäste – das reichhaltige Angebot ließ keine Wünsche offen. In der Hauptstraße, die sie nur im Schritttempo passieren konnten, wechselten sich Kosmetikstudios und Wellnesstempel mit Lokalen, Kneipen und Bars sowie diversen weiteren Angeboten ab, die lediglich dazu dienten, den Besuchern ihr Geld aus der Tasche zu ziehen.

Die Schaufensterfront des exklusiven Bekleidungsgeschäftes *Traumtrachten*, dessen Namen Magnus nur aus protzigen Anzeigen kannte, erstreckte sich über etliche Meter. Ein flüchtiger Blick genügte ihm, um zu erkennen, dass er diese Art Kleidung auch zu einem erschwinglichen Preis nie gewählt hätte. Er konnte sich keinen Mann vorstellen, der in dem ausgestellten Trachtenlook eine auch nur halbwegs vernünftige Figur machte, wobei die Dirndl im Schaufenster ein Mädel mit der passenden Figur schon vorteilhaft kleiden mochten. Grinsend stellte er sich Antonia darin vor, verwarf den Gedanken jedoch schnell wieder. Selbst im Hochsommer trug sie ausschließlich Hosen und das hatte mit Sicherheit nicht nur praktische Gründe.

Sie mussten mehrere Runden fahren, bevor sie endlich einen Parkplatz in der Nähe der Pension *Bergglück* fanden.

„Naja, der Name ist schon irgendwie der Hohn, wenn man bedenkt, was wir der Familie gleich mitteilen müssen", meinte Magnus, bevor er sich erkundigte, ob die Pension tatsächlich genügend Gewinn abwarf, um sich damit über Wasser halten zu können.

„Es ist ein klassischer Familienbetrieb, meine Freundin hilft hier, wenn sie keine Gruppen betreut. Ihr Bruder kümmert sich um alles Geschäftliche und die Eltern sind auch noch nicht so alt", berichtete

Antonia und erzählte Magnus, wie alles begonnen hatte.

Familie Dahlke hatte zuvor jahrzehntelang ein kleines Hotel in München geführt. Hier hatte sich Antonia als Zimmermädchen, Kellnerin oder an der Rezeption gemeinsam mit Franziska ihr Taschengeld verdient – wobei die Freundin in der Regel im Gegensatz zu ihr selbst bereits damals unentgeltlich arbeiten musste.

Nach und nach waren in der näheren Umgebung immer mehr Hotels entstanden – sehr viele, sehr große und sehr moderne. Mit deren Ausstattung und Angeboten hatte die Familie nicht mithalten können und da es sich zumeist um große Ketten handelte, waren zudem die Preise günstig und eine Buchung mit weiteren Vorteilen, wie Gutscheinen oder Ermäßigungen für Fahrkarten, Eintritten und Ähnlichem verbunden gewesen.

Zuletzt waren nur noch eine Handvoll Stammgäste bei ihnen abgestiegen – *Zum Leben zu wenig, zum Sterben zu viel* – hatte Papa Dahlke ihre Situation treffend zusammengefasst. Gemeinsam hatte die Familie zu dem Zeitpunkt beschlossen, das Hotel in der Stadt aufzugeben und noch mal ganz von vorne anzufangen.

Diese Entscheidung lag bereits einige Jahre zurück und mittlerweile war aus der kleinen Pension in den Bergen ein echtes Schmuckstück geworden. Reich würden sie auch hier nicht werden, aber die ganze Familie hatte ihr Auskommen, ohne sich Sorgen machen zu müssen, wenn Zimmer zwischendurch auch mal leer standen.

Für Antonia blieb unklar, ob tatsächlich beide Geschwister hier ihr ganzes Leben verbringen würden. Nicht nur Franziska, sondern auch ihr älterer Bruder Theo schienen daran selbst keine Zweifel zu haben. Beide waren ungebunden und sie überlegte nicht zum ersten Mal, wer in Lunau als Partner in Frage käme – außer vielleicht ein Urlaubsgast? Selbst das erschien jedoch eher unwahrscheinlich, nur sehr selten verirrten sich gleichaltrige Single hierher, entweder waren die Gäste bereits Rentner oder es handelte sich um junge Familien. Theo hatte sich inzwischen aus Mangel an langfristig passenden Partnerinnen darauf spezialisiert, *jedes* hübsche Mädchen anzubaggern und mit seinem Charme und seinem Aussehen hatte er in aller Regel schnell Erfolg. Oft handelte es sich um Saisonarbeiterinnen und sobald deren Job erledigt war, verschwanden sie sang- und klanglos aus Lunau und Theos Leben. Franziska tat sich in der Hinsicht schwerer, aber Antonia ging davon aus, dass auch ihre Freundin die eine oder andere Gelegenheit nutzte.

Aber das sollte nicht ihre Sorge sein, schob sie jeden weiteren Gedanken an das Liebesleben ihrer Freunde beiseite und wartete am Eingang auf Magnus, der sich vom äußeren Anblick der Pension nicht losreißen konnte und die Fassade mit offenem Mund bewunderte.

Die strahlend weiße Front musste erst kürzlich neu verputzt worden sein und bot einen reizvollen Kontrast zu den Fachwerkbalken, Fensterläden und Blumenkästen. Diese ließen sich allerdings nur erahnen, da sie komplett von Blumen überwuchert waren. Antonia hatte inzwischen so viele Vorträge von Franziskas Mutter gehört, dass sie problemlos die verschiedenen Pflanzen unterscheiden konnte. Um mit ihrem Wissen ein wenig anzugeben, stellte sie sich neben ihren Kollegen und zeigte auf einen der Blumenkästen. „Siehst du diese kleineren roten, blauen, gelben, lila und pinkfarbenen Blüten dort? Das sind Zauberglöckchen, die gibt es wirklich in allen Farben. Daneben wachsen Petunien, die erkennst du daran, dass sie deutlich größere Blüten haben und überhängend wachsen. Wenn man sie nicht schneidet, wuchern sie bis zum darunterliegenden Fenster." Sie vergewisserte sich, dass Magnus auch aufmerksam zuhörte, bevor sie fortfuhr. „Und dort wachsen Geranien, die gibt es sogar zweifarbig, entweder gestreift – wie dort in blau-weiß oder gefleckt." Sie zeigte auf einen Kasten, in dem es so intensiv Rosa-Pink leuchtete, dass sie die Augen zusammenkneifen musste.

„Woher weißt du das alles?" Magnus war die Bewunderung deutlich anzuhören.

Antonia zuckte die Achseln. „Man ist eben vielseitig interessiert, als Frau von Welt."

Lachend legten sie die wenigen Schritte bis zur wuchtigen Eingangstür zurück, auf der ein großer Löwenkopf aus Messing als Türklopfer diente. Bevor ihr Kollege die Hand danach ausstrecken konnte, schob sich Antonia an ihm vorbei. „Es ist immer offen, es sei denn, daran hat sich was geändert".

# 3.

Als sie das Foyer betraten, glitt ein Strahlen über das Gesicht des älteren Mannes hinter der Rezeption, während er sich beeilte, um den Tresen herum zu den Kommissaren zu gelangen. Erst als er vor ihnen stand, erkannte Magnus, wie klein und kugelrund er war. Nach Antonias Erzählungen schätzte er ihn auf Ende fünfzig, Anfang sechzig, obwohl er trotz seiner Körperfülle wesentlich jünger wirkte. Die ebenmäßigen Gesichtszüge passten eher zu einem Vierzigjährigen und das lag bestimmt nicht am entspannten Leben als Gastronom.

Wahrscheinlich sorgte sein überschüssiges Gewicht dafür, dass die Haut keine Falten schlug, überlegte der Kommissar, schämte sich aber im nächsten Moment für seine gehässigen Gedanken, als er sah, wie liebevoll der Mann Antonia in die Arme schloss. Trotz seiner Leibesfülle bewegte er sich erstaunlich schnell, wie Magnus amüsiert feststellte während er versuchte, nicht im Wege zu sein.

„Toni, Mädchen, dich habe ich aber lange nicht gesehen, wie geht es dir, kommt doch erst mal rein …", sprudelte Manfred Dahlke hervor und zog Antonia hinter sich her.

Im Laufen machte sie die Männer miteinander bekannt und stellte Dahlke als Hausherrn und Vater ihrer Freundin Franziska vor. Suchend blickte sie sich dabei um, normalerweise besetzte Franzis

Bruder Theo den Empfang, aber von ihm war nichts zu sehen.

„Guten Morgen Herr Dahlke, ich freue mich auch – wenngleich der Anlass nicht erfreulich ist." Schnell setzte sie ihn über die Vorkommnisse in Kenntnis und beobachtete bedauernd, wie bei ihren Worten sein freundliches Lächeln wie eine niedergebrannte Kerze erlosch.

„Meine Güte, das ist ja furchtbar", stammelte Dahlke und fuhr sich mit der Hand über sein schütteres Haar. „Und so etwas hier ... ich weiß gar nicht, was ich meiner Frau sagen soll ... habt ihr schon irgendwelche Spuren?" Bevor sie antworten konnten, winkte er ab. „... schon klar, ihr dürft nichts sagen. Wie kann ich euch helfen?"     „Wo ist Theo eigentlich? Ich kann mich nicht erinnern, ihn jemals *nicht* hier angetroffen zu haben", fragte Antonia.

„Gute Frage, als ich heute Morgen runterkam, war niemand da. Es lag nur ein Zettel auf dem Tresen, auf dem stand, dass er etwas erledigen müsse und nicht wüsste, wie lange es dauert. Vielleicht weiß Franzi etwas, die beiden hatten noch nie Geheimnisse voreinander."

Der Hotelbesitzer versuchte vergeblich, seine Erschütterung hinter einem unbeschwerten Tonfall zu verbergen. Auch er wusste, dass sein Sohn wahrscheinlich in einem fremden Bett lag und wollte lieber nicht so genau darüber Bescheid wissen – zumal sich der Aufenthaltsort ohnehin ständig änderte.

Die Kommissarin speicherte diese Informationen zunächst ab, ohne näher darauf einzugehen. Auch sie kannte Theos liebstes Hobby, ihres Wissens nach hatte er dabei jedoch noch nie seinen Job vernachlässigt. Aber damit würde sie sich später beschäftigen, zunächst gab es Wichtigeres zu tun.

Zehn Minuten später befanden sie sich mit Klara Hansen und den beiden Töchtern Anette und Beate in einem kleinen Nebenraum, den Dahlke ihnen zur Verfügung gestellt hatte. Er war für kleinere Familienfeiern vorgesehen. An den fünf Tischen konnten bis zu sechs Personen sitzen, es bestand aber auch die Möglichkeit, sie zu einer großen Tafel zu stellen, wie Antonia vom sechzigsten Geburtstag des Hausherrn wusste.

Im größten Nebenraum konnten bis zu achtzig Gäste bewirtet werden. Solch eine umfangreiche Buchung war bisher allerdings noch nicht vorgekommen und da in dem Fall auch zusätzliches Personal benötigt wurde, blieb es für Antonia fraglich, ob sich solch ein Aufwand überhaupt rechnete. Vielleicht würde sie ja eines Tages ihre eigene Hochzeit hier feiern, überlegte sie. Aus Mangel an einem passenden Bräutigam käme das allerdings in absehbarer Zeit kaum in Frage.

So amüsant ihr Ablenkungsmanöver auch sein mochte, wurde es allmählich Zeit, sich auf den Anlass ihres Besuches zu konzentrieren. Die Ermittler waren dankbar für den ungestörten Rahmen, denn was die drei gleich zu hören bekämen, würde schon ohne neugierige Zuhörer schlimm genug werden.

Unauffällig musterte die Kommissarin ihre Gesprächspartnerinnen und versuchte, sich ein erstes Bild von ihnen zu machen.

Sowohl ihre Garderobe - Klara Hansen trug einen mitternachtsblauen Hosenanzug aus glänzendem Satin und im selben Farbton Schuhe mit hohen Absätzen - als auch das aufwendige, oder wie Antonia in Gedanken formulierte *aufdringliche,* Make-Up erschienen für den kleinen Ferienort in den Bergen gänzlich unpassend. Man musste ihr allerdings zugestehen, dass es zumindest gekonnt aufgetragen war. Der Aufwand schien gerechtfertigt, um das völlig nichtssagende und unscheinbare Erscheinungsbild der vor ihnen sitzenden Frau zumindest ein wenig attraktiver erscheinen zu lassen. Aber vielleicht bestand tatsächlich ein konkreter Anlass, möglicherweise hatte die Familie etwas geplant, wofür Frau Hansen es erforderlich hielt, sich so herauszuputzen – was auch immer das sein mochte. Sie konnte schließlich nicht ahnen, dass ihr Mann an keinerlei Aktivitäten mehr teilnehmen würde.

Die beiden Töchter im Teenageralter glichen weder einander noch ihrer Mutter auch nur ansatzweise. Das ältere Mädchen war vielleicht gerade so volljährig und etwas pummelig. Sie strahlte eine solche Ruhe aus, dass sie auf die Kommissare weniger gelassen, als viel eher phlegmatisch wirkte. Die Röte ihres verschwitzten Gesichtes hatte sicherlich nichts mit sportlicher Aktivität zu tun, stellte Magnus fest, obwohl die bequeme Jogginghose und das übergroße Sweatshirt darauf hinzudeuten schienen. Ihre Schwester war in jeder Hinsicht das krasse Gegenteil. Spindeldürr und in hautengen Jeans mit modischen Löchern zappelte sie auf ihrem Stuhl herum und schien keine Sekunde stillhalten zu können. Sie sollte bei ihrer Mutter Unterricht nehmen, überlegte Antonia, während sie missbilligend das schwarze Kajal und die dunkel umrandeten Lippen in ihrem bleichen Gesicht musterte. Die rabenschwarzen Haare bildeten zur hellen Haut einen Kontrast, der das Mädchen weder attraktiver noch interessanter machte. Antonia schätzte sie auf fünfzehn, ein Alter, in dem ein Familienurlaub sicherlich nicht erstrebenswert für sie war.

Beide Mädchen ließen die Musterung wortlos über sich ergehen und Antonia überlegte, ob sie sie vielleicht zunächst nach draußen schicken sollte. Auf der anderen Seite würde die Mutter gleich jede Unterstützung brauchen und sie waren schließlich keine kleinen Kinder mehr.

Sie wechselte einen Blick mit ihrem Kollegen, bevor sie zu sprechen begann. So behutsam wie möglich tastete sie sich voran, bis sie zu der Stelle kam, an der es keinerlei Ausflüchte mehr gab. Als den Mädchen und ihrer Mutter klar wurde, dass ihr Familienoberhaupt Opfer eines Unfalls - oder möglicherweise sogar einer Straftat - geworden war, ließen sich ihre Gefühle deutlich in den Gesichtern ablesen. Entsetzen, Unglauben, Schmerz ... wobei dieser nur eine untergeordnete

Rolle zu spielen schien und zwar bei allen dreien gleichermaßen.

Klara Hansen senkte den Blick und als sie den Kopf erneut hob, glänzten Tränen in ihren Augen. Sie murmelte leise: „Oh mein Gott, warum gerade jetzt?"

*Und warum bitte schön nicht gerade jetzt*, schoss es Magnus durch den Kopf und er presste den Mund fest zusammen, bevor die Worte laut über seine Lippen kamen.

Scheinbar war die Frage dennoch deutlich in seinem Gesichtsausdruck erkennbar, denn die Frau verzog das Gesicht, bevor sie stockend erklärte: „Mein Mann und ich waren gerade dabei, uns wieder zusammenzuraufen. Richard hat lange Zeit als Vertretungsarzt gearbeitet – überall in Deutschland. Die räumliche Trennung war nicht das Einzige, was uns voneinander entfernt hat. Er ist erst seit ein paar Monaten wieder hier in München."

Dankbar griff sie nach dem Taschentuch, das ihre ältere Tochter Anette ihr wortlos reichte und schnäuzte sich die Nase. „Erst im letzten Jahr haben wir gemeinsam entschieden, dass es so nicht mehr weitergeht." Sie blickte zu ihren Töchtern und ergänzte: „Es hat der ganzen Familie geschadet".

Die jüngere Tochter schnaubte und setzte in genervtem Ton hinzu: „Und jetzt sollte ein Familienurlaub uns alle retten – hat ja super geklappt".

„Beate!", das Entsetzen war Anette deutlich anzuhören. „Was soll das?"

„Schon gut, spielt ihr mal heile Welt, mir reichts." Wütend stieß das Mädchen ihren Stuhl zurück und verließ den Raum. Als die Tür hinter ihr mit einem lauten Knall zufiel, zuckte ihre Mutter zusammen. „Entschuldigen Sie bitte, sie ist manchmal ein bisschen impulsiv ..."

Antonia ließ das zunächst einmal so im Raum stehen, nahm sich jedoch vor, dem wackeligen Familiengefüge so bald wie möglich genauer auf den Grund zu gehen.

Sie hätte sich am liebsten so schnell wie möglich verabschiedet, aber bevor sie der Familie Zeit zum Trauern geben konnte, mussten doch noch einige Dinge geklärt werden. „Es tut mir leid, aber ich muss Ihnen noch ein paar Fragen stellen, ich denke, es dauert nicht lange." Antonia wartete, bis beide ihr konzentriert zuhörten und erkundigte sich dann zunächst bei der Mutter, was ihr Mann und sie selbst am gestrigen Abend gemacht hätten. Es musste schließlich einen Grund gegeben haben, der Richard Hansen an diese entlegene Stelle geführt hatte.

Klara überlegte einen Moment. „Richard hat gemeint, er wolle noch einen Spaziergang machen. Ich habe ihm angeboten mitzukommen, aber er wollte lieber allein sein. Ich bin dann schlafen gegangen und dachte heute Morgen, er sei schon früher aufgestanden und hab mir deshalb keine Sorgen gemacht."

„Kam das häufiger vor, dass er alleine losgezogen ist und nicht wollte, dass Sie ihn begleiten? Hatten Sie vorher Ärger miteinander gehabt?" Antonia beugte sich interessiert nach vorne.

„Nein, es war eigentlich alles wie immer, er macht generell, was er für richtig hält, ohne mir groß was zu erklären ..."

„Entschuldigen Sie, wenn ich Sie unterbreche", warf Magnus ein. „Ist das normal, dass sie nicht darüber sprechen, wenn einer von Ihnen etwas unternimmt – vor allem im gemeinsamen Urlaub?" Er konnte sich beim besten Willen nicht vorstellen, dass eine vernünftige Ehe so funktionieren konnte.

Klara Hansen errötete und richtete den Blick auf ihre Tochter, die geistesabwesend aus dem Fenster starrte. „Ich habe ja schon gesagt, dass wir uns gerade erst wieder angenähert haben. Ich wollte ihn nicht nerven, er reagiert ziemlich ungehalten, wenn man ihm zu nahetritt."

„Na gut, lassen wir es erst mal dabei. Sie selbst sind also nicht noch mal weggewesen? Kann das jemand bestätigen? Vielleicht ihre Tochter?" Antonia warf dem Mädchen einen fragenden Blick zu. „Bist du noch draußen gewesen? Oder deine Schwester?"

Endlich schien der Anlass der Fragen zu beiden durchzudringen. Während sie den Arm um ihre Tochter legte, fauchte die Mutter: „Was soll das? Werden wir jetzt *verdächtigt*? Mein Mann ist tot und Sie wagen es ..."

Nun war für Magnus der Zeitpunkt gekommen, einzugreifen. Mit einem freundlichen Blick aus seinen strahlend blauen Augen griff er nach der Hand der erbosten Frau. „Atmen Sie erst mal tief durch, niemand verdächtigt hier irgendjemanden. Wir machen nur unseren Job. Zunächst einmal müssen wir klären, ob überhaupt ein Verbrechen vorliegt und parallel versuchen wir, so viele Menschen wie möglich auszuschließen. Darum geht es – festzustellen, wer *nichts* damit zu tun hat, das verstehen Sie doch?"

Sie nickte zögernd und ohne Antonia anzusehen, nuschelte sie: „Das hört sich ganz anders an, warum haben Sie das nicht gleich gesagt?" Weiterhin an Magnus gerichtet, fuhr sie fort: „Es muss gegen zwanzig Uhr gewesen sein, die Nachrichten liefen gerade. Ich habe noch ein bisschen ferngesehen und bin vielleicht um halb elf eingeschlafen – es könnte auch etwas später gewesen sein – ist das wichtig?"

Magnus schüttelte den Kopf und ermunterte sie, fortzufahren.

„Meine Töchter kommen und gehen, wie sie möchten, ich kontrolliere das nicht. Hier kann ihnen ja nichts passieren ... dachte ich zumindest."

„Okay, das genügt uns erst mal", erlöste sie Magnus und wandte sich ihrer Tochter zu. „Du hast gehört, worum es uns geht. Was habt ihr gestern Abend gemacht?"

Antonia registrierte, dass Anette zumindest ansatzweise aus ihrem geistigen Tiefschlaf erwacht war, wenn auch keine Rede davon sein konnte, dass sie dadurch lebhaft oder voll motiviert wirkte.

„Wir haben noch ferngesehen, was anderes kann man hier eh nicht machen. Ich bin irgendwann eingeschlafen, was Beate gemacht hat, weiß ich nicht. Heute Morgen, als ich aufgewacht bin, lag sie in ihrem Bett." Sie gähnte demonstrativ und zeigte den Kommissaren deutlich, wie sehr sie das Gespräch langweilte.

Nachdem Magnus sich für ihre Unterstützung bedankt hatte, verließen sie die beiden, um sich auf die Suche nach der verlorenen Tochter zu machen. Beate stand vor der Pension und trat schnell die Zigarette aus, die sie heimlich geraucht hatte.

„Aufheben", Magnus zeigte auf die Kippe. Der freundliche Ausdruck war einem strafenden Blick gewichen, er hasste es, wenn sich Jugendliche so respektlos aufführten. Wahrscheinlich war sie sowieso noch zu jung, um in der Öffentlichkeit rauchen zu dürfen, aber er hatte überhaupt kein Interesse daran, sich jetzt damit auseinanderzusetzen.

Das Mädchen bückte sich und versuchte, ihren hochroten Kopf vor den beiden Kommissaren zu verbergen.

Antonia verkniff sich ein Grinsen, Magnus hatte wohl die Nase voll von seiner Rolle im *guter Bulle–böser Bulle- Spiel* und sich spontan entschieden, auf die gegnerische Seite zu wechseln. Auch gut, sie hatte zunächst nichts gegen das Mädchen, also konnten sie auch die Rollen tauschen.

„Wir werden dich nicht lange belästigen, sicherlich möchtest du zurück zu deiner Mutter und Schwester?" Sie ließ den Satz wie eine Frage klingen, obwohl völlig klar war, wie wenig Interesse das Mädchen daran hatte, in den Schoß der Familie zurückzukehren.

Beates abweisende Miene sprach für sich. „Was wollen Sie denn von mir?"

„Wo warst du gestern Abend, sagen wir ab zwanzig Uhr?"

„Wo soll ich schon gewesen sein? In diesem Kaff ist ja nichts los, langweiliger geht's kaum noch. Ich habe mit Anette ferngesehen und bin irgendwann eingeschlafen, so wie jeden Abend ..."

Hier war zunächst nichts weiter zu erfahren und Antonia konnte sich das Lachen kaum verkneifen, als das Mädchen in Windeseile den Rückzug antrat und die massive Eingangstür hinter ihr zufiel.

„Ich weiß nicht, was mir mehr Spaß macht: den bösen Bullen zu spielen oder dir die Rolle zu überlassen", kicherte sie. „Hast du gesehen, wie blass sie geworden ist, als deine Jacke hochgerutscht ist und die Tattoos zum Vorschein kamen?"

„Ein weiter Weg, nachdem sie vorher feuerrot geleuchtet hat, als sie die Kippe aufheben musste", grinste Magnus, wurde jedoch schnell wieder ernst. „Freut mich, wenn du deinen Spaß hattest, mich kotzt es jedenfalls an, zu sehen, wie sich Leute Kinder anschaffen und sie dann nur nebenherlaufen lassen – man sieht ja, was dabei rauskommt."

Antonia überlegte einen Moment, bevor sie antwortete: „Ich weiß nicht, ob man immer den Eltern die Schuld geben sollte, schließlich haben sie ja auch noch ein eigenes Leben und die Mutter hatte sicherlich kein so tolles. Vielleicht fehlt ihr einfach die Kraft, um immer für ihre Töchter da zu sein. Was denkst du, kommt eine der drei als Täterin in Frage?"

„Das wäre wohl zu einfach, ich fürchte, wir haben noch eine Menge Arbeit vor uns. Die Mutter wäre dazu gar nicht in der Lage und die Schlaftablette auch nicht. Die Kleine vielleicht schon eher, aber eigentlich erscheint sie mir noch zu jung, wie alt schätzt du sie, vierzehn, fünfzehn? Fragt sich nur, welches Motiv stark genug sein könnte?" Magnus ließ sich die ersten Erkenntnisse durch den Kopf gehen, aber bisher konnte er sich noch keinen Grund vorstellen, der solch eine Tat rechtfertigte.

„Tja, da fällt mir schon was ein", schnell winkte Antonia ab, bevor ihr Kollege genauer nachfragen konnte. „Lass mal, es ist wirklich noch viel zu früh, um zu spekulieren. Warten wir mal die Obduktion und den Bericht der Spurensicherung ab, vielleicht sind wir dann etwas schlauer."

# 4.

Der Tag war lang und anstrengend gewesen. Kriminalkommissarin Antonia Falkner lehnte sich in ihrem Sitz zurück und schloss erschöpft die Augen, während sie sich von einem Streifenwagen nach Hause chauffieren ließ. Diesen Luxus gönnte sie sich nur selten, aber nachdem Magnus und sie sich von der Familie des Opfers verabschiedet hatten, wollte sie unbedingt noch mit ihrer Freundin sprechen und dabei konnte sie ihren Kollegen ganz und gar nicht gebrauchen.

Mit ihm zurück zu fahren, um sich dann erneut auf den weiten Weg zu machen, hätte einen völlig ungerechtfertigten Aufwand bedeutet, bei dem sie wahrscheinlich unterwegs eingeschlafen wäre, gestand sie sich ein und unterdrückte ein Gähnen.

Obwohl ihr Kollege in aller Regel nicht dazu neigte, ihre Entscheidungen ohne weitere Diskussionen hinzunehmen, hatte er erstaunlich verständnisvoll auf ihren Vorschlag reagiert. Sicherlich hatte das auch damit zu tun, dass er den Wagen erneut an einem *ihrer* Tage fahren durfte, aber darüber hinaus schien ihre Zusammenarbeit allmählich eine Stufe zu erreichen, in der nicht mehr alles in Frage gestellt werden musste.

Es war von Anfang an nicht einwandfrei geregelt worden, ob einer dem anderen unterstellt war, sie arbeiteten gleichberechtigt im Team und bildeten damit eine Ausnahme im Revier. Eine andere Regelung hätte manches sicherlich einfacher gemacht, aber keiner von beiden wäre von sich aus dazu bereit gewesen, freiwillig die zweite Geige zu spielen. Und inzwischen schon gar nicht, das hätte vom ersten Tag an geregelt sein müssen. Es war besser zu vermeiden, darüber zu sprechen und eine endgültige Klärung zu fordern. Antonia war mit dem momentanen Zustand zufrieden und hoffte, dass kräftezehrendes Kompetenzgerangel auch in Zukunft ausblieb.

Wahrscheinlich verhielt es sich wie in einer funktionierenden Ehe – man hatte sich zunächst mühsam zusammenzuraufen, bis man in der Lage war, den Alltag nicht nur schadlos, sondern auch effizienter als alleine durchzustehen. Die Voraussetzungen waren in ihrem Team nicht schlecht, sie mochte und schätzte Magnus und ging davon aus, dass dies auf Gegenseitigkeit beruhte.

Beide waren alleinstehend – in dem Job nichts Außergewöhnliches - und sie erwischte sich immer häufiger bei dem Wunsch, Dinge mit ihm zu besprechen, die deutlich über das Dienstliche hinausgingen.

Der junge Beamte am Steuer konnte noch nicht lange seine Ausbildung abgeschlossen haben. Er hatte eine eher zierliche Statur, hellblonde Haare und selbst am Abend nicht mal den Ansatz eines Bartes. Wahrscheinlich musste er sich höchstens einmal die Woche rasieren, überlegte die Kommissarin, bevor sie erneut die Augen schloss.

Auch sie hatte im Streifendienst begonnen und sie erinnerte sich noch an die Ehrfurcht, die sie speziell vor den Kollegen der Kripo empfunden hatte. Ehrfurcht war in diesem Fall vielleicht etwas hoch gegriffen, aber immerhin hatte der Polizist wohl endlich akzeptiert, dass sie keine Unterhaltung wünschte und damit aufgehört, sie anzusprechen. Statt mit ihm zu plaudern, war sie dankbar für die Ruhe und ließ die letzten Stunden noch einmal Revue passieren.

Nach Magnus Abfahrt hatte sie festgestellt, dass Franziska in der Zwischenzeit ebenfalls eingetroffen, jedoch gleich in die private Wohnung gegangen war. Als sie dort anklopfte, dauerte es mehrere Minuten, bis die Freundin mit verheulten Augen öffnete.

„Ich dachte mir schon, dass du nicht einfach so wegfährst", begrüßte Franziska sie und ging voraus ins Wohnzimmer, wo sie sich auf einen Sitzsack fallenließ und nach dem Weinglas griff, dass bereits halb geleert vor ihr auf dem Tischchen stand. „Möchtest du auch oder bist du noch im Dienst?"

„Nein, jetzt nicht mehr", entgegnete Antonia, nahm sich ein Glas und trank einen Schluck. „Wo ist Theo eigentlich, dein Vater wusste auch nicht, warum er so plötzlich wegmusste."

Franziska zuckte die Schultern und entgegnete betont gleichgültig: „Keine Ahnung, ich weiß auch nicht alles. Wahrscheinlich ist er bei irgendeinem Mädel hängengeblieben oder musste sonst was Wichtiges erledigen."

Skeptisch musterte Antonia die Freundin. „Macht er das öfter? Ich dachte, die Pension sei sein Ein und Alles, wann hat sich das denn geändert? Sollte er tatsächlich *die Richtige* gefunden haben?"

Die heftige Reaktion auf ihre Frage traf sie völlig unvorbereitet. „Was willst du eigentlich von mir? Warum ist es wichtig, was mein Bruder macht? Ermittelst du jetzt gerade oder bist du nur neugierig?" Franziska sprang auf und lief im Wohnzimmer herum, während sie leise vor sich hinmurmelte: „Einmal Bulle, immer Bulle – und dabei dachte ich, du bist als *Freundin* hier".

Antonia stand auf und zog ihre Freundin in die Arme. „Hey, schon gut, natürlich bin ich als Freundin hier, man wird doch noch mal fragen dürfen". Dabei läuteten ihre Alarmglocken laut und vernehmlich – so aggressiv war Franziska noch nie gewesen. Um sich zu beruhigen, versuchte sie sich einzureden, dass es an der ganz besonderen Situation liegen mochte, die unbestritten enormes Stresspotential bot.

Als sich beide wieder gesetzt hatten, griff Franzi entschuldigend nach Antonias Hand. „Tut mir leid, ich bin ziemlich fertig. Du hast ihn doch auch erkannt? Ich hätte es dir gleich sagen sollen, aber ich hab gehofft, dass er vielleicht nicht lange bleibt und wollte dich nicht beunruhigen."

„Schon gut, das verstehe ich ja", antwortete Antonia. „Außerdem ist es lange her. *So* wichtig ist er nun wirklich nicht." Ihr Blick strafte die Worte Lügen und das wussten beide ganz genau. Bevor Franziska nachhaken konnte, sprach Antonia schnell weiter: „Was denkst du, was da oben passiert ist? Hatte er mit irgendjemandem hier näheren Kontakt? Hast du ihn gestern Abend weggehen sehen?" Egal, in welcher Funktion sie hier sitzen mochte, die Gelegenheit, ein paar zusätzliche Informationen zu sammeln, würde sie sich auf keinen Fall entgehen lassen.

Allerdings musste sie eine halbe Stunde später endgültig akzeptieren, dass sie der Lösung des Falls keinen Schritt nähergekommen war. Franziska hatte Richard Hansen in den letzten Tagen nur hin und wieder kommen oder gehen sehen, manchmal in Begleitung seiner Familie und ab und zu auch alleine. Wohin er dann unterwegs war, konnte sie ebenso wenig beantworten wie die Frage, ob er irgendwelche Bekanntschaften im Ort geschlossen hatte.

Theo war immer noch nicht wieder aufgetaucht und da Antonia sah, wie erschöpft ihre Freundin inzwischen war – und sie selbst sich ebenfalls von ganzem Herzen nach ihrem Bett sehnte - verabschiedete sie sich. Es würde wohl noch intensive Polizeiarbeit erfordern, bis sie sich auf einen Verdächtigen konzentrieren konnten. Sie tröstete sich mit der Hoffnung, dass die Ergebnisse der Obduktion neue Erkenntnisse brachten.

Zunächst war sie allerdings erst einmal froh darüber, dass dieser Tag zu Ende war. Nachdem sie sich bei dem jungen Polizisten herzlich bedankt und mit ihrem Lächeln dafür gesorgt hatte, dass er bis zum Haaransatz rot anlief, schleppte sie sich langsam die Treppenstufen zu ihrer Wohnung hinauf.

Als sie vor fast zwei Jahren hier eingezogen war, fand sie es nicht der Rede wert, im dritten Stock eines Hauses ohne Fahrstuhl zu wohnen. Das hatte sie zwar längst bereut, aber die Wohnung entsprach ansonsten haargenau ihren Wünschen, lag zentral und war finanziell erschwinglich – also hatte sie sich mit diesem, vergleichsweise kleinem Übel arrangiert. Als die Wohnungstür hinter ihr zuschlug, lehnte sie sich müde an die Wand und schloss die Augen. Wo würde sie dieser Fall noch hinführen? Warum ging es ihr so nahe – schließlich war sie Profi und sollte längst gelernt haben, Dienstliches und Privates voneinander zu trennen.

Langsam ging sie ins Schlafzimmer und ließ unterwegs achtlos Tasche und Jacke fallen. Beim Einschließen der Waffe in den Safe fiel ihr prüfender Blick auf das ungemachte Bett. Dazu war heute Morgen keine Zeit gewesen und es sah ja ohnehin niemand, wie sie hier hauste, stellte sie frustriert fest. Jetzt war es sowieso nicht mehr nötig, für Ordnung zu sorgen und nachdem sie die herumliegende Wäsche zu einem Haufen zusammengeschoben hatte, kuschelte sie sich in die warme Daunendecke und streckte sich erleichtert aus.

Obwohl Antonia den Albtraum schon fast erwartet hatte, war sie nicht dagegen gewappnet. Würde sie das jemals sein? Ihn irgendwann einfach willkommen heißen und unbesorgt weiterschlafen können? Schließlich war es nicht mehr als ein dummer Traum, der nichts mit ihrem jetzigen Leben zu tun hatte. Stattdessen fuhr sie mit einem unterdrückten Aufschrei in die Höhe. Ihre panisch aufgerissenen Augen suchten einen

Orientierungspunkt, während sie krampfhaft versuchte, ihren hämmernden Herzschlag in den Griff zu bekommen. Antonias Blick fiel auf den Radiowecker auf ihrem Nachttisch - 3.45 Uhr, also hatte sie zumindest ein paar Stunden geschlafen, obwohl es sich momentan überhaupt nicht so anfühlte. Sie wusste aus leidvoller Erfahrung, wie völlig sinnlos es sein würde, im Bett liegen zu bleiben. Sie würde in dieser Nacht keinen Schlaf mehr bekommen.

Eine Gänsehaut überzog ihren nassgeschwitzten Körper, als sie die Decke zurückschlug und langsam ins Bad tapste. Im Spiegel blickte ihr ein blasses Gesicht entgegen, dessen vor Angst geweitete Augen in tiefen Schatten lagen.

Sie streckte sich genervt die Zunge raus, bevor sie versuchte, die Erinnerung an ihren Albtraum mit einem Schwapp eiskalten Wassers endgültig zu vertreiben. Kurze Zeit später hatten ein kuscheliges Sweatshirt und eine gemütliche Jogginghose zumindest die äußerliche Gänsehaut vertrieben und mit einem großen Becher Milchkaffee in der Hand betrat sie das Wohnzimmer.

Der Raum machte den größten Teil der gesamten Wohnungsfläche aus und die bodentiefen Fenster, die auf einen kleinen Balkon führten, ließen ihn noch größer wirken. Der Grundriss war so ungewöhnlich, dass bereits der allererste Eindruck Antonia davon überzeugt hatte, genau die richtige Wohnung gefunden zu haben.

Die rechteckige Fläche wurde an einer kurzen Seite von einer kleinen Nische unterbrochen und für die Kommissarin stand sofort fest, wie sie diese nutzen würde. Mit wenigen Schritten erreichte sie die Hängematte, die mit flauschigen Decken und zahlreichen Kissen nicht nur kunterbunt, sondern auch ausnehmend gemütlich ausgestattet war. Diese Hängematte begleitete sie bereits so viele Jahre, dass sie problemlos in der Lage war hineinzusteigen, ohne dabei auch nur einen Tropfen Kaffee zu verschütten.

Sie hatte mit knapp zwölf Jahren ihr erstes selbstverdientes Geld als Babysitterin dafür investiert und sich dabei konsequent gegen ihre Eltern durchgesetzt, die die berechtigte Ansicht vertraten, dass in ihrem Kinderzimmer auf keinen Fall genügend Platz für dieses Monstrum war. Nach ihrem Auszug schmückte die geliebte Hängematte das Zimmer ihrer ersten WG ebenso wie die darauffolgenden Wohnungen. Allerdings hatte sie nie solch einen perfekten Platz gehabt wie jetzt hier, stellte sie zufrieden fest, während sie sich sachte vom Boden abstieß.

Hier hinein hatte sie sich immer schon verkrochen, wenn ihr alles zu viel wurde, wenn sie Zeit zum Nachdenken brauchte oder so traurig war, dass sie einen sicheren Zufluchtsort suchte. Sie war dabei nicht immer alleine gewesen, lächelnd erinnerte sie sich an nächtelange Gespräche mit Franziska, bei denen sie gemeinsam gelacht und geweint hatten. Selbst als beide eigentlich schon viel zu groß dafür waren, gelang es ihnen, sich gemeinsam hinein zu kuscheln. Hier bot sich die für ihre vertraulichen Gespräche erforderliche intime Nähe.

Prompt führte sie diese Erinnerung zum Albtraum zurück, den sie gerade erst versucht hatte, in die verborgene Ecke ihrer Erinnerungen zurück zu drängen, in der er ständig darauf lauerte, ungefragt herauszubrechen.

Sie musste fast ihr halbes Leben zurückspulen. Den fünfzehnten Geburtstag hatte sie damals zum Anlass genommen, erstmalig einen Gynäkologen aufzusuchen. Ihren Eltern hatte Antonia wohlweislich nichts von ihren Plänen verraten, vor allem, um ihnen die unbegründete Sorge zu ersparen, dass dieser Wunsch mit der Beschaffung von Verhütungsmitteln zusammenhängen könnte.

Gemeinsam mit Franziska hatte sie die Praxis eines Frauenarztes ganz am anderen Ende der Stadt aufgesucht - möglichst weit von ihrem Zuhause entfernt - und hatte dort mit vor Aufregung feuchten Händen auf den Halbgott in Weiß gewartet.

Der Doktor war nett gewesen und hatte ihr vom ersten Moment an gut gefallen, er war zwar leicht untersetzt, sah dabei aber gar nicht schlecht aus. Er schien auf sein Äußeres zu achten, das Hemd und die Krawatte, die der offene Kittel nicht verbarg, entsprachen der neuesten Mode. Am besten hatte ihr an ihm gefallen, wie verständnisvoll und väterlich er auf ihre Verunsicherung reagierte, ohne sie dabei wie ein kleines Kind zu behandeln. Trotzdem war ihr die Aufforderung, sich auszuziehen und auf den Untersuchungsstuhl zu setzen schrecklich unangenehm gewesen. Er hatte ihr daraufhin einen kleinen Becher mit einem klaren Getränk in die Hand gedrückt und mit lächelndem Gesicht erklärt: „Hier, trink das, dann bist du ganz entspannt, mach dir keine Sorgen, du wirst dich hinterher an gar nichts mehr erinnern."

Das hatte allerdings nicht so ganz der Wahrheit entsprochen, denn auch wenn ihr Details der Untersuchung fehlten, hatte sie große Schmerzen empfunden. Alles hatte sich verschwommen und nebulös angefühlt, als stünde sie ständig an der Schwelle zu einer Ohnmacht. Klar bei Verstand war sie erst wieder gewesen, nachdem sie angezogen gegenüber seinem Schreibtisch gesessen und sich angehört hatte, dass alles in bester Ordnung sei. Dabei hatte er sie ganz komisch angesehen - fragend, als erwarte er mehr von ihr, als nur das Nicken, zu dem sie gerade eben noch in der Lage gewesen war.

Als sie sich abends bettfertig machte, hatte sie Blut in ihrem Höschen entdeckt und ihr ganzer Unterleib tat immer noch unglaublich weh. Sie fühlte sich wund und als sie auf Toilette ging, liefen ihr die Tränen übers Gesicht. Die brennenden Schmerzen hatten sich kaum aushalten lassen. Nie zuvor hatte sie von einer gynäkologischen Untersuchung mit solchen Folgen gehört, aber was wusste sie schon? Ihr bescheidenes Wissen bezog sie von Dr. Sommer aus der BRAVO oder Gesprächen mit Gleichaltrigen.

Liebend gerne hätte sie ihre Mutter um Rat gefragt, aber dann wäre der ganze Schwindel

47

aufgeflogen. Also war Franziska als einzige Vertraute geblieben und da die Freundin auch nicht besser Bescheid wusste als sie selbst, blieb zunächst lediglich ein beängstigender Verdacht, was damals tatsächlich passiert sein könnte.

So sehr sie sich auch bemühte, eine halbe Stunde des Nachmittags blieb nahezu komplett – wenn auch nicht vollkommen - ausgelöscht. Unerwartet blitzte dann und wann eine kurze Erinnerung auf, ohne Antonia dadurch in die Lage zu versetzen, das Erlebte vernünftig einzuordnen. In den Momenten sah sie den Arzt viel zu nahe vor sich stehen, er bewegte sich ruckartig, mit verzerrtem Gesicht kneteten seine Hände das weiche Fleisch ihrer Brüste.

War der Ausdruck seines Gesichts lustvoll gewesen? Konnte es einem Arzt solchen Spaß machen, eine Patientin lediglich zu untersuchen oder war da noch viel mehr vorgefallen? Und warum verband sie diese bruchstückhaften Erinnerungen immer automatisch mit unvorstellbaren Schmerzen? Die Szenen variierten im Laufe der Jahre geringfügig, blieben allerdings viel zu kurz und verschwommen, als dass sie sie hätte greifen können.

Der Arzt suchte sie glücklicherweise nicht *jede* Nacht in ihren Träumen auf – das hätte sie wahrscheinlich längst in den Wahnsinn getrieben - aber in beängstigender Regelmäßigkeit schrak sie keuchend und nass geschwitzt aus dem Schlaf. Mit hämmerndem Herzen, als habe sie soeben einen Hundert-Meter-Lauf in Rekordgeschwindigkeit hinter sich gebracht, und es dauerte immer geraume Zeit, bis sie sich wieder beruhigt hatte.

Beide Mädchen konnten nicht ausschließen, dass Antonias Sorgen und Befürchtungen zu diesen realen Bildern in ihren Träumen geführt hatten und sie sahen keine Möglichkeit, Wahrheit und Phantasie voneinander zu unterscheiden. So war es ihnen auch am liebsten, alles erschien besser, als den grausamen Tatsachen ins Auge schauen zu müssen.

Die Freundinnen wurden älter und Antonia sammelte nicht nur mit anderen Gynäkologen, sondern auch mit dem einen oder anderen Mann ihre Erfahrungen. Niemals wieder erlebte sie ähnliche Schmerzen und längst ließ sich nicht mehr verleugnen, dass der Gynäkologe sie vergewaltigt haben musste.

Als sie einige Jahre später versuchte, erneut Kontakt zu dem Arzt aufzunehmen und die Praxis betrat, stand sie mit klopfendem Herzen vor einer völlig fremden Ärztin, die ihr erklärte, dass zum Zeitpunkt ihres damaligen Besuchs ein Vertretungsarzt ihre Praxis übernommen hatte. Sie traute sich weder, nach seinem Namen zu fragen, noch ihren Verdacht zu äußern und hatte die Praxis schnell wieder verlassen.

Mit den Jahren verblasste die Erinnerung immer mehr aber nach wie vor passierte es, dass sie dieser Arzt in ihren Träumen heimsuchte und dafür sorgte, dass alles wieder hochkam. Meist gab es dafür irgendeinen Anlass, jedoch nie so konkret wie heute, als sie ihn zum ersten Mal wieder leibhaftig vor sich gesehen hatte – unbekleidet und nicht mehr am Leben.

Nachdem sie sich in ihrer Hängematte wieder beruhigt hatte, blieb die Frage, ob es reiner Zufall gewesen sein konnte, dass ausgerechnet ihm etwas zugestoßen war. Sie konnte sich nicht vorstellen, dass ihre beste Freundin irgendetwas damit zu tun haben könnte. Allerdings war Franziska die Einzige gewesen, der sie sich damals anvertraut hatte und ihre Freundin war dem Arzt kurz begegnet, als er Antonia aus dem Wartezimmer abgeholt hatte.

# 5.

Sie musste wohl doch noch einmal eingeschlafen sein, denn als der Handywecker hartnäckig summte, fuhr Antonia erschrocken in die Höhe. Sie streckte sich und versuchte, ihre vollkommen verknoteten Muskeln zu entwirren.

Die heiße Dusche war eine echte Wohltat und als sie kurze Zeit später mit einer Tasse Milchkaffee auf ihrem Balkon saß, war sie bereits wieder ganz die Alte. Wäre doch gelacht, wenn sie zuließe, dass die Schatten ihrer Vergangenheit den Job beeinträchtigten, das kam überhaupt nicht in Frage.

Es wurde langsam Zeit, aufs Revier zu fahren. Einer der vielen Aspekte, die sie zum Wechsel von der Schutzpolizei zum Studium und im Anschluss daran zur Kripo veranlasst hatten, waren die in Aussicht gestellten flexiblen Arbeitszeiten gewesen. Es hatte allerdings nicht lange gedauert, bis sie die tatsächliche Bedeutung des Wortes *flexibel* begriffen hatte: es bedeutete *nicht*, dass sie später kommen oder früher gehen konnte, um Arzttermine oder ähnliches wahrzunehmen, sondern - ohne Rücksicht auf mögliche Überstunden - *noch* früher kommen und *noch* später zu gehen. Natürlich ohne jeglichen Anspruch auf irgendeinen Zeitausgleich oder finanzielle Entschädigung.

Nicht nur die Arbeitszeiten, auch ihre Zuständigkeiten wurden außerordentlich flexibel gehandhabt. Sollte sich niemand anders dazu bereiterklären, fiel es sehr wohl in ihren

Aufgabenbereich, eine Unfallstelle abzusperren, den Verkehr umzuleiten oder die hinterlassenen Spuren zu beseitigen.

Ältere Kollegen hatten perfekte Strategien entwickelt, um rechtzeitig zu verschwinden oder erst gar nicht aufzutauchen, wenn solch unliebsame Dinge anstanden. Daran mussten sie und Magnus noch arbeiten und Antonia war bei diesen Gelegenheiten immer wieder dankbar für die Fairness, die Magnus dabei an den Tag legte. Egal, wie unangenehm ihm die Aufgaben auch sein mochten, er drückte sich nie auf ihre Kosten davor. Natürlich hatten beide ihre persönlichen Vorlieben und je besser sie sich kannten, umso eher richteten sie die Aufteilung danach aus. Belustigt stellte sie dabei regelmäßig fest, wie wenig ihre Neigungen den jeweiligen Äußerlichkeiten entsprach.

Auch wenn es sich in diesem speziellen Fall nicht ganz so verhalten mochte, versuchte Antonia in aller Regel, bei der Leichenschau oder Obduktion persönlich dabei zu sein und alle Informationen aus erster Hand zu erhalten. Trotz ihrer 1,70 Meter wirkte sie mit ihrer schlanken Figur und der hellen Haut eher zierlich und so sehr sie es auch hasste, weckte sie den Beschützerinstinkt in vielen Männern. Ihr wurde im Zweifelsfall ein Stuhl angeboten, damit sie nicht zusammenklappte – dabei lag ihr nichts ferner, als mitten in einer spannenden Untersuchung ohnmächtig zu werden. Sie war spontan und impulsiv und hatte meist bereits einen dringenden Tatverdacht, noch bevor die Leiche kalt war. Geduld zählte nicht zu ihren Stärken – dafür war Magnus zuständig.

Er versuchte zwar tapfer, sich seine Abneigung gegen den direkten Kontakt mit den Leichen nicht so deutlich anmerken zu lassen, hatte jedoch nichts dagegen, Antonia den Vortritt zu überlassen und sich stattdessen um zeitraubende Recherchen zu kümmern.

Mit seiner stattlichen Größe und dem muskulösen Körper wirkte er wesentlich durchtrainierter, als er tatsächlich war. Für Ausdauersport konnte ihm unmöglich genügend Zeit bleiben und sein liebstes Hobby, das Motorradfahren, sorgte wohl kaum für seine sportliche Erscheinung.

Antonia ging davon aus, dass sich seine Vorliebe für Fastfood früher oder später strafen würde. Sie versuchte, ihn sich mit einem schwabbeligen Bauch und um Atem ringend bei den Ermittlungen vorzustellen, während er hinter ihr hereilte. Die zahlreichen Tattoos würden sich dann zwischen all den Hautfalten verstecken. So sehr es sie jedoch amüsierte, sich dieses Bild auszumalen, musste sie fairerweise zugeben, dass es noch keinerlei Anzeichen dafür gab und es sicherlich niemals so weit kommen würde.

Magnus achtete auf sich und auch wenn er Jeans und Lederjacke einem schickeren Outfit vorzog, war er immer gepflegt – von seiner modischen Frisur über den Schnäuzer und Dreitagebart bis hin zu den Biker Stiefeln, die zwar abgetragen aber immer makellos sauber waren.

Die beiden Kommissare hatten sich vom ersten Tag an vorbildlich ergänzt und ihre Erfolgsquote gab ihnen recht. Auf sich allein gestellt hätte manche Ermittlung bei beiden deutlich später – oder vielleicht niemals – einen erfolgreichen Abschluss gefunden. Ihre unterschiedlichen Sichtweisen halfen ihnen, alle erforderlichen Aspekte aufzudecken. Dass sie sich dabei auch privat Schritt für Schritt näherkamen, war ein Nebeneffekt, der nicht nur Antonia nicht unrecht war.

Magnus saß bereits an seinem Schreibtisch und blickte auf, als Antonia ihr Büro im Polizeipräsidium betrat. Sie teilten sich den Raum, der mit den beiden L-förmigen Schreibtischen und dem kleinen runden Besprechungstisch gut ausgefüllt war. Der Schrank, der eine komplette Seite bedeckte, beinhaltete alle laufenden Strafakten. Antonia dachte mit Grauen an die Knochenarbeit, die ihnen bevorstand, wenn zwischen den Jahren alle abgeschlossenen Fälle ins Archiv geschafft werden mussten. Auch wenn vieles inzwischen digital bearbeitet wurde, wuchsen die Aktenberge unvermindert und die Vorstellung, irgendwann ganz auf Papier verzichten zu können, erschien utopisch.

Die Tische standen auf das große Fenster ausgerichtet, auch wenn die Kommissare selten die Zeit dafür hatten, den eindrucksvollen Blick über die Stadt zu genießen.

Antonia hatte im Anschluss an den aktiven Polizeidienst erst einmal studiert, bevor sie zum Dezernat *Tötungsdelikte* gewechselt war, während

Magnus bereits geraume Zeit in der *Banden- und organisierten Kriminalität* verdeckt ermittelt hatte. Aus dieser Zeit mussten auch die zahlreichen Tattoos stammen, die ansonsten den Zutritt zur Kripo verhindert hätten. Er sprach wenig über diese Zeit und Antonia ging davon aus, dass einiges vorgefallen sein musste, was er lieber verdrängte.

„Guten Morgen", begrüßte sie ihr Kollege freundlich lächelnd und bedankte sich mit einem Nicken für den Kaffee, den sie ihm mitgebracht hatte. „Hast du gestern in Lunau noch interessante Erkenntnisse gewonnen?"

Sie hockte sich auf seine Schreibtischkante und nippte an ihrem Latte. Ein Vorteil, der ihrem relativ jungen Team zu verdanken war, bestand in dem hochmodernen Kaffeevollautomaten, der ihnen hier zur Verfügung stand. Wenn Antonia an die qualmende Kaffeemaschine auf ihrem alten Revier zurückdachte, bekam sie allein vom Gedanken daran Magenschmerzen. Zur rund um die Uhr eingeschalteten Maschine gehörte eine Kanne, deren tiefbrauner festgebrannter Satz sich längst nicht mehr entfernen ließ und es unmöglich machte, festzustellen, wie alt das schwarze Gebräu war, dass dort auf müde Abnehmer wartete.

Ihr Lächeln verschwand, als Magnus die Stirn runzelte und seinen aufmerksamen Blick über die Kollegin wandern ließ. „Kurze Nacht gehabt? Wann warst du denn zu Hause, geht es dir gut?" Er legte seine Hand auf ihren Arm und drückte ihn aufmunternd. „Ist alles okay? Du warst schon gestern irgendwie komisch, willst du darüber reden?"

Antonia rutschte ein Stück zurück und verschränkte beide Arme demonstrativ vor ihrer Brust. „Was willst du eigentlich von mir? Habe ich irgendetwas verbockt oder hast du heute deinen *Lieber-Onkel-Tag?*"

Beschwichtigend hob Magnus seine Hände. „Sorry, ich wollte nur nett sein, lassen wir das eben. Wie ist der weitere Plan? Gehst du zur Obduktion?" Er warf einen Blick auf seine Uhr und teilte ihr im nächsten Moment mit, dass sie sich wohl beeilen sollte, um noch rechtzeitig in der Pathologie zu sein. „Ich kümmere mich in der Zeit um unser Opfer, mal sehen, was ich noch rausbekomme."

Ohne eine Reaktion seiner Kollegin abzuwarten, schob er ihr den Autoschlüssel rüber und vertiefte sich mit verkniffener Miene in seine Unterlagen. Das Gespräch war für ihn beendet und auch wenn er nicht lange nachtragend sein würde, kränkte ihn ihr Verhalten und er hatte nicht vor, sie damit ungestraft davonkommen zu lassen. Er wusste, dass etwas mit ihr nicht stimmte und würde dafür sorgen, dass sie sich ihm anvertraute – wenn er auch noch keine Idee hatte, wie er das bewerkstelligen sollte.

Antonia drehte ihre langen Locken zu einem dicken Zopf und steckte sie mit ein paar Klammern, die sie für diesen Zweck immer in der Tasche hatte, zusammen. Mit einem entschuldigenden Lächeln griff sie nach dem Schlüssel und machte sich auf den Weg zur Pathologie. Sie wusste, dass Magnus ihre unfreundliche Reaktion nicht verdient hatte. Nur weil er so gutmütig war, ließ sie sich immer wieder dazu hinreißen, ihre Launen an ihm auszulassen. Irgendwann würde sie es damit übertreiben und die Vorstellung, ihn dadurch als Freund zu verlieren, jagte ihr solche Angst ein, dass sie sich fest vornahm, es nicht so weit kommen zu lassen.

Als sie vierzig Minuten später ihr Auto auf den Parkplatz lenkte und das Gebäude betrat, in dem die Rechtsmedizin untergebracht war, schlug ihr sofort der vertraute Geruch entgegen. Es roch nach Desinfektionsmitteln und irgendwie süßlich – als ob jemand lieber Parfum als Seife benutzte. Der Geruch erinnerte sie an lange zurückliegende Einsätze im Milieu. Unauffällig durch den Mund atmend hatte sie kurze Zeit später die üblichen Hürden, die ihr Eintreten verlangsamten, hinter sich gelassen und öffnete die schwere Stahltür, die den Obduktionssaal wirkungsvoll gegen unbefugte Besucher abschirmte.

Antonia wartete respektvoll einen Moment, bis Hermann Stadl sie bemerkte und zu sich an den Tisch winkte. Auch wenn sie es vermied, dem Opfer ins Gesicht zu sehen, konnte sie nicht verhindern, dass ihr bei dem Anblick des Körpers ein Schauer über den Rücken lief.

Der Pathologe begrüßte sie, ohne seine Arbeit zu unterbrechen. „Ich dachte, es kommt niemand mehr, deshalb haben wir schon mal angefangen. Große Überraschungen habe ich bisher nicht erlebt." Während er die einzelnen Organe entnahm und seinem Assistenten zum Wiegen weiterreichte, fasste er die bisherigen Ergebnisse zusammen.

„Ein gesunder Mann ohne nennenswerte Erkrankungen, etwas übergewichtig und insgesamt nicht besonders gut in Form. Der Todeszeitpunkt liegt zwischen Mitternacht und zwei Uhr, Todesursache ist eine Hirnblutung, die ich auf die Kopfverletzung zurückführe. Die naheliegendste Erklärung dafür ist der Sturz von der Klippe. Einen Schlag auf den Kopf können wir ausschließen, in dem Fall wäre die Verletzung an anderer Stelle. Darüber hinaus weist sein Körper zahlreiche Prellungen und Abschürfungen auf, die ich ebenfalls auf den Sturz zurückführe. Soweit zunächst nichts Außergewöhnliches ..."

Die Kommissarin deutete sein Zögern richtig und tat ihm den Gefallen, nachzufragen: „... aber Sie glauben trotzdem nicht, dass er freiwillig gesprungen oder abgerutscht ist?"

Stadl wiegte den Kopf hin und her, während er sich seine Worte sorgfältig zurechtlegte. Er wusste aus leidvoller Erfahrung, wie schnell er auf eine voreilige Vermutung festgenagelt werden konnte und scheute sich entsprechend vor Spekulationen.

„Ein paar Dinge sprechen für mich dagegen: Zum einen hat er Hautpartikel unter den Fingernägeln, die meiner Ansicht nach nicht von ihm selbst stammen. Hätte er sich gekratzt, müsste es am Körper Spuren davon geben, ich gehe davon aus, dass die Partikel von jemand anderem stammen. Genaueres wird uns die DNA-Analyse zeigen. Was mich aber noch mehr stört, ist die Verletzung, die er auf der Brust hat, sehen Sie selbst." Er trat einen Schritt zur Seite.

Antonia beugte sich interessiert nach vorne und betrachtete die kleine Wunde. „Hm, das sieht nicht so aus, als wenn es beim Absturz passiert ist, vor allem nicht an der Stelle. Ich könnte mir vorstellen, dass ihn jemand mit irgendwas gestoßen hat und dieser Gegenstand hat die Haut verletzt." Sie musterte aufmerksam die Brust des Toten und murmelte: „Wir müssen überprüfen, ob die Kleidung an der Stelle beschädigt ist."

Der Pathologe zuckte mit den Schultern. „Sie liegen mit Ihrer Vermutung sicherlich richtig. Wie und womit er an der Brust verletzt wurde, weiß ich beim besten Willen nicht. Worum es sich auch gehandelt haben mag, ist es in der Summe definitiv ein Fall für Sie. Ich kann Ihnen die entsprechenden Fotos gleich mitgeben, der vorläufige Bericht dauert ein, zwei Tage."

Die Kommissarin warf nur einen kurzen Blick auf die Bilder, bevor sie sie in den Umschlag steckte und in ihrer Tasche verstaute.

Auf dem Revier stellte sie die Tüte mit den Hamburgern vor Magnus auf den Schreibtisch und registrierte zufrieden sein begeistertes Grinsen.

„Okay, deine Entschuldigung ist angenommen, vorausgesetzt, du hast die Pommes nicht vergessen." Magnus war wirklich nicht nachtragend und so ungesund es auch sein mochte, so lecker roch der Bestechungsversuch.

Mit vollem Mund berichtete Antonia von den Ergebnissen der Obduktion und zog den Umschlag aus der Tasche. „Auch wenn ich noch keine Idee habe, wer als Täter in Frage kommt, sind wir zumindest etwas klarer, was den Todeszeitpunkt angeht."

„Was auch immer uns das nützen soll, ich bin gespannt auf die Auswertung der Fußspuren, vielleicht können wir daraus irgendwelche Schlüsse ziehen." Magnus wischte sich die Hände an der Serviette ab und zeigte auf die Bilder. „Hast du sie schon angesehen? Ist was Interessantes dabei?"

Seine Kollegin zog die Aufnahme aus dem Umschlag, die die Verletzung auf der Brust in starker Vergrößerung zeigte. „Keine Ahnung, was ihn da verletzt hat, ich weiß nicht mal, ob es eine Rolle spielt. Ich frage in der Spusi nach, wie seine Kleidung aussieht, dann wissen wir zumindest, ob er vor oder nach dem Ausziehen verletzt wurde. Alles andere ist momentan auch nicht wirklich hilfreich ..."

Erleichtert nahm Magnus ihre Antwort als Rechtfertigung, sich die Bilder nicht genauer anzusehen. Auch wenn er es niemals zugegeben hätte, verdarben ihm solche Fotos den Appetit oder würden dafür sorgen, dass die letzte Mahlzeit wie ein Stein im Magen lag.

„Naja, wenn wir sie brauchen, wissen wir ja, wo sie sind - zumindest so ungefähr." Schnell steckte er das Foto wieder in den Umschlag und sah erleichtert, wie sie diesen kommentarlos in ihrer überdimensionalen Tasche verstaute. Ihm würde es immer ein Rätsel bleiben, wie sie sich darin zurechtfand aber bisher war alles wieder aufgetaucht, was sie dort versenkt hatte – wenn es auch manchmal etwas länger dauerte.

Mit zufriedenem Gesichtsausdruck begann er, Antonia auf den aktuellen Stand seiner Ermittlungen zu bringen. „Ich habe ein bisschen recherchiert, unser Doc war wirklich viel unterwegs. Vor fast zwanzig Jahren hatte er eine eigene Praxis in Köln, allerdings gab es nach ein paar Jahren irgendwelche Anschuldigungen von Patientinnen, die aber zu nichts geführt haben. Sein Ruf musste aber dennoch ziemlich gelitten haben, ich nehme an, die Patientinnen sind in der Folge weggeblieben. Also hat er die Praxis aufgegeben und stattdessen als Vertretungsarzt in ganz Deutschland gearbeitet, immer dort, wo gerade jemand gebraucht wurde. Seine Familie ist dann irgendwann auch aus Köln weggegangen und sie haben das Haus hier in München gekauft. Hier hat er aber auch nur ein paar Jahre gearbeitet, vor acht Jahren ist er nach Berlin gegangen und zuletzt war er in Hannover."

„Was denn für Anschuldigungen?"

„Es gab wohl mehrere Anzeigen von Patientinnen, dass er übergriffig geworden sei. Die Akteneinsicht wird wohl ein wenig dauern. Natürlich hat er alles abgestritten und die Vorwürfe wurden als unglaubwürdig abgewiesen." Magnus zuckte mit den Schultern.

„Lass mich raten: Die Frauen hatten Migrationshintergrund, schlechtes Elternhaus, kamen aus dem Milieu ..." Antonia spitzte die Lippen, sie hasste diese Art von Vorurteilen, die viel zu schnell dafür sorgten, dass ein angesehener Arzt mit seinen Vergehen ungeschoren davonkam.

„So ähnlich, auf alle Fälle kam es nie zu einem ordentlichen Verfahren. Vielleicht war aber doch was dran, im Internet gibt es ein Forum, in dem vor bestimmten Ärzten gewarnt wird und da taucht sein Name mit schöner Regelmäßigkeit auf. Aber alles immer ganz wage, es könnte sein … vielleicht aber auch nicht. Die Frauen, die dort etwas posten bleiben anonym, wenn wir da Genaueres erfahren wollen, müssen unsere Techniker tief graben. Und ob es was bringt, ist sowieso fraglich."

„Klar, wir Frauen sind ja von Natur aus hysterisch und oberflächlich, warum sollte man uns bei so wichtigen Dingen eher glauben, als einem Halbgott in Weiß?" Antonia zwang sich, die geballten Fäuste zu öffnen, bevor ihr Kollege merkte, wie aufgebracht sie war.

Er warf ihr einen verwunderten Blick zu. „Du weißt doch, wie das läuft, warum regt dich gerade dieser Fall so auf? Egal, was für ein Drecksack er auch gewesen sein mag, rechtfertigt das keinen Mord. Also konzentrier dich bitte auf deinen Job."

„Ja *Papa*, natürlich hast du recht", sie salutierte und griff erneut nach dem Autoschlüssel. „Ich denke, es wird Zeit, sich bei ihm zu Hause umzusehen. Seine Familie ist heute Morgen aus der Pension abgereist, ich habe die Spurensicherung für fünfzehn Uhr bestellt. Da du gestern nach Hause gefahren bist, bin ich heute dran."

# 6.

„Nicht schlecht, scheinbar muss man nicht mal eine eigene Praxis haben, um im Geld zu schwimmen", Magnus pfiff bewundernd beim Anblick des Hauses, in dem die Familie Hansen lebte, durch die Zähne. „Vielleicht ist es ja auch nur gemietet?"

„Schon gecheckt, alles Eigentum und keine Grundschuld eingetragen", Magnus zerstörte Antonias Hoffnung umgehend, während sie ausstiegen und die wenigen Meter zum Eingang zurücklegten.

Das Heim der Hansens lag am Rand eines kleinen Vororts im Süden von München, weit genug von der Metropole entfernt, um die Illusion einer ländlichen Lage zu vermitteln und nah genug, um ruck-zuck in die Innenstadt zu gelangen. Das war nicht mal unbedingt erforderlich, denn auch in Laufnähe gab es die wichtigste Infrastruktur. Nachdem sie vor wenigen Minuten getankt hatten, waren sie nicht nur an einem großen Lebensmittelmarkt, sondern auch an einer Bank, einer Apotheke und einem Ärztehaus vorbeigekommen.

Durch einen kleinen Vorgarten, den eine Hecke blickdicht umschloss, gelangten sie zur Haustür, die einen Spalt offenstand.

Die Spurensicherung war bereits eingetroffen und die Mitarbeiter in weißen Overalls fleißig damit beschäftigt, sichergestellte elektronische Geräte hinauszutragen.

Über einen schmalen Flur gelangten sie in ein großes Wohnzimmer, dessen bodentiefe Fenster den Blick auf einen gepflegten Garten boten. Ein Teil davon schien Nutzgarten zu sein und Antonia fragte sich unwillkürlich, wie eine moderne Frau Zeit haben konnte, Bohnen zu ernten oder Salat zu pflanzen. Aber vielleicht wohnte hier gar keine *moderne* Frau, rief sie sich in Erinnerung. Sie wusste nicht einmal, ob Klara Hansen berufstätig war.

Eine massive Schrankwand in Eiche rustikal beherrschte den Raum und war sicherlich von oben bis unten mit teurem Goldrandgeschirr und wertvollen Kristallgläsern gefüllt, setzte sie ihre Überlegungen fort.

Die protzige Couch in dunklem Leder war auf das einzige moderne Teil in diesem Zimmer, einen großen Flachbildschirm, ausgerichtet. Daneben stand ein offenes Regal, in dem eine Stereoanlage und zahlreiche CDs untergebracht waren.

Insgesamt wirkte alles steril, pikobello sauber aber ohne jede Gemütlichkeit. Die schneeweißen Kissen der Couch waren exakt ausgerichtet und keinerlei Spuren deuteten darauf hin, dass sie jemals bewegt wurden. Antonia dachte an ihre Hängematte, in der so viele bunte Kissen lagen, dass es einer Farbexplosion gleichkam, wenn sich ihr Blick darauf richtete.

Die weißen Wände schmückten große gerahmte Abbildungen von Landschaften und Blumen aber nirgendwo konnte sie persönliche Fotos oder Urlaubssouvenirs entdecken, keine kuscheligen Decken und selbstverständlich keine Hängematte.

Auf dem Couchtisch, dessen Glasplatte nicht das kleinste Staubkörnchen bedeckte, stand ein silberner Teller, auf dem mehrere weiße Kerzen inmitten kleiner Dekosteine arrangiert waren. Natürlich waren die Kerzen nicht angebrannt, das hätte die Optik zu sehr beeinträchtigt und dem Raum vielleicht sogar einen Eindruck von Wohnlichkeit vermittelt.

Die Blumenbank zierten zahlreiche weiße Übertöpfe mit Grünpflanzen. Antonia streckte ihre Hand aus, um sich davon zu überzeugen, dass sie echt waren. „Nicht *ein* welkes Blatt, wie macht sie das nur?"

„Wenn das ganze Haus so aussieht, ist es kein Wunder, dass sich die Töchter nicht wohl fühlen", raunte Magnus und machte einem Mitarbeiter der Spurensicherung Platz, der eben begonnen hatte, die Schränke zu öffnen und deren Inhalt zu sichten. „Alles was nicht perfekt ist, stört das Gesamtbild so sehr, dass es sofort entsorgt werden müsste – kann man Kinder eigentlich irgendwo entsorgen?" Er runzelte die Stirn und machte damit deutlich, wie makaber er den Gedanken empfand.

In der Küche trafen sie auf die Hausherrin, die am Tisch saß und in die aufgeschlagene Zeitung vor sich stierte. Als die Kommissare eintraten, hob sie den Kopf und beim Anblick ihrer verheulten Augen verspürte Antonia unvermittelt Mitleid. Egal, wie die Ehe gewesen sein mochte, stand die Frau nun vor den Trümmern ihres bisherigen Lebens und sie machte nicht den Eindruck, als wäre sie ohne

Unterstützung von außen zu einem Neuanfang in der Lage.

„Hallo Frau Hansen, tut mir leid, wenn wir Ihnen Unannehmlichkeiten machen, aber solange wir nicht wissen, wer für den Tod Ihres Mannes verantwortlich ist, müssen wir den offiziellen Weg einhalten und in alle Richtungen ermitteln", erklärte Magnus und setzte sich ihr gegenüber an den Tisch, ohne ihre Aufforderung dazu abzuwarten.

Antonia blieb stehen und lehnte sich an die Arbeitsplatte, ohne sich Sorgen um Fettflecken machen zu müssen. Es lohnte sich nicht, sich zu setzen, sie hatte nicht vor, sich lange bei der Witwe aufzuhalten. „Wir werden Computer, Laptop und Handy Ihres Mannes mitnehmen, vielleicht finden wir darauf irgendwelche Hinweise. Wir würden uns auch gerne sein Arbeitszimmer ansehen, vielleicht sind dort weitere Unterlagen, die uns weiterhelfen."

Magnus ließ die Frau nicht aus den Augen, während er sich erkundigte, ob ihr seit dem letzten Gespräch noch etwas eingefallen sei. Gab es Schulden? Spielte ihr Mann, gab es andere kostspielige Hobbys oder nahm er vielleicht Drogen? Hatte er beruflich oder auch privat irgendjemanden gegen sich aufgebracht und so wütend gemacht, dass der- oder diejenige auch vor Mord nicht zurückschreckte? Waren vielleicht ehemalige Patientinnen mit seiner Behandlung unzufrieden gewesen?

Wie nicht anders erwartet, schüttelte Klara Hansen bei jeder seiner Fragen nur wortlos den Kopf und wenige Minuten später waren die beiden Kommissare bereits wieder im Flur.

„Entweder weiß sie wirklich nichts, oder sie hat ganz einfach abgeschaltet. Ich denke, wir teilen uns auf und sprechen erst mal mit den Töchtern. Wollen wir knobeln, wer welche bekommt?" Antonia grinste bei der Frage, sie kannte die Antwort bereits ganz genau.

„Bloß nicht, ich kümmere mich freiwillig um die Schlaftablette. Wenn du Wert darauflegst, dass das Gespräch zivilisiert abläuft, musst du die rotzige Göre übernehmen. Sollen wir ihre elektronischen Geräte auch gleich einkassieren, was meinst du?" Magnus begann sich für den Gedanken an den Aufstand, der sie daraufhin erwartete, mehr und mehr zu erwärmen.

Antonia schüttelte den Kopf, dazu gab es momentan keinen gerechtfertigten Anlass. „Ne, das bringt nur Ärger und ich wüsste nicht, nach was wir suchen sollten. Wir können schon von Glück reden, wenn wir bei unserem Opfer auf irgendeine Spur stoßen."

Magnus klopfte kurz an und betrat Anettes Zimmer, ohne eine Antwort abzuwarten. Er ging davon aus, dass die Siebzehnjährige ansonsten erst stundenlang das ungewohnte Geräusch geortet hätte, bevor sie in der Lage gewesen wäre, darauf zu reagieren und die Zeit wollte er sich ersparen.

Sie lag auf dem Bett und hatte ihren Laptop vor sich auf den Knien. Ihr Anblick erinnerte ihn an eine gestrandete Robbe und im nächsten Moment schämte er sich für seinen Gedanken. Gelangweilt hob sie den Kopf und runzelte erstaunt die Stirn. „Hallo, Kommissar ...“

„... Naumann, ich habe noch ein paar Fragen.“ Die nächste Viertelstunde quälte er sich durch ein ebenso unerfreuliches wie unergiebiges Frage-Antwort-Spiel, ohne auch nur ansatzweise neue Erkenntnisse zu gewinnen. Die Antworten kamen schnell, in höchstens Zwei-Wort-Sätzen. Obwohl er sich bemühte, offene Fragen zu stellen, hatte das Mädchen unbestreitbares Talent, alles mit einem Ja oder Nein zu beantworten. Wenn keins von beiden passte, zuckte sie lediglich mit den Schultern.

„Wie würdest du das Verhältnis zu deinen Eltern beschreiben? Steht ihr euch nahe? Vertraust du ihnen?“ Magnus unterdrückte einen Stoßseufzer, das Gespräch war so nervend, dass er am liebsten wieder gegangen wäre. Ob ihre Müdigkeit ansteckend war? Nur mühsam unterdrückte er ein Gähnen.

„Keine Ahnung, ... normal. Meinen Vater habe ich kaum gesehen, wir reden eigentlich nie miteinander ...“ Anette hatte weniger Hemmungen und gähnte ausgiebig, die vielen Worte schienen sie restlos erschöpft zu haben. Sie machte auf den Kommissar nicht den Eindruck, als ob sie überhaupt jemals mit einem anderen Menschen sprechen würde und er fragte sich, ob sie irgendwelche Freundinnen hatte. Egal, wie sehr ihre Art ihm widersprach, empfand er tiefes Mitleid. Solch eine Jugend konnte doch nur zu einem total frustrierten Erwachsenen führen. Wenn ihr Leben jetzt schon so eintönig war, mochte er sich gar nicht vorstellen, wie sie in einigen Jahren klarkommen würde.

Beate reagierte wesentlich lebhafter, machte es Antonia damit jedoch keineswegs einfacher. „Ich habe Ihnen doch gestern schon alles gesagt, was wollen Sie denn jetzt noch von mir?" Der aggressive Ton zeigte deutlich, was das Mädchen von der erneuten Störung hielt.

„Wir gehen inzwischen davon aus, dass es kein Unfall war und damit gibt es einen *Täter*, den wir so schnell wie möglich finden müssen." Dieser Hinweis musste genügen, um die Bereitschaft für ein Gespräch zu wecken. „Kannst du dir vorstellen, wer dafür in Frage kommen könnte und warum jemand so sauer auf deinen Vater war?"

Der lebhafte Gesichtsausdruck verschwand im nächsten Augenblick hinter einer ausdruckslosen Maske, das Mädchen zeigte keine Bereitschaft, ihre Gedanken mit Antonia zu teilen. „Woher soll ich das wissen? Aber es wird schon einen Grund gegeben haben, ansonsten würde er sicherlich noch leben ... und quietschvergnügt seinen Vorlieben nachgehen." Inzwischen sprach sie so leise, dass Antonia sie kaum verstand.

„Und die wären?" Antonia wollte sich nicht vorstellen, dass das Mädchen die tatsächlichen Vorlieben des Vaters am eigenen Leib kennengelernt hatte. Andererseits war sie mit fünfzehn im passenden Alter, um sein Interesse geweckt zu haben. War es möglich, dass Hansen nicht mal vor der eigenen Familie haltgemacht hatte?

Im Regal standen einige Fotografien und als Antonia nähertrat, erkannte sie Beate als kleines Kind auf einigen Bildern, neben Anette und ihrer Mutter. Die pechschwarzen Haare waren wohl tatsächlich nicht echt, als kleineres Kind hatten sie eine ganz andere Farbe, die Antonia aus eigener Erinnerung nur zu gut kannte.

„Keine Ahnung, auf alle Fälle geht es mir besser ohne ihn", murmelte Beate.

Nach kurzer Überlegung setzte die Kommissarin sich auf die Bettkante und legte eine Hand auf den Arm des Mädchens. „Hey, da steckt doch mehr dahinter. Du kannst mir vertrauen, alles was du mir sagst, bleibt hier im Raum, versprochen."

Bei ihren Worten füllten sich Beates Augen mit Tränen. „Meine Mutter darf das auf keinen Fall hören, können Sie mir das garantieren?"

Nachdem Antonia ihr bestätigend zugenickt hatte, begann sie stockend über ihren Vater zu sprechen. „Er ist kaum zu Hause gewesen und wenn, dann hat er mich gar nicht beachtet. Erst in letzter Zeit hat sich das geändert, er hat mich immer in den Arm genommen und gesagt, ich sei seine *Kleine* und so. Dabei hat er mich irgendwie komisch angefasst, am Po oder ...", sie zeigte verlegen auf ihre Brüste. „Ich hab gesagt, dass ich das nicht will ... und dann ist er sauer geworden und hat rumgeschnauzt, so würde sich keine *brave* Tochter verhalten. Also habe ich versucht, anders auszusehen und ihm aus dem Weg zu gehen. Das ist doch nicht normal, oder?" Hilfesuchend wandte sie sich an die Kommissarin.

„Nein, das ist es ganz sicher nicht." Antonia fühlte sich mit dieser unerwarteten Situation zunehmend überfordert und hätte sich am liebsten umgehend verdrückt. Der verzweifelte Ausdruck in Beates Augen hielt sie jedoch davon ab, sie brauchte jetzt ihre Hilfe. Sie rückte näher an das Mädchen heran und legte den Arm um sie. Die Berührung schien sie zu beruhigen, das Zappeln ließ deutlich nach. Ihre braunen Augen schimmerten vor Trauer fast schwarz und es war für Antonia kein Problem, darin die Gefühle zu erkennen, die in ihrem Inneren tobten.

„Vielleicht glaubst du mir nicht aber ich weiß sehr genau, wie du dich fühlst", Antonia schluckte und versuchte, ihre Stimme zuversichtlich klingen zu lassen. „Es war richtig, dass du es mir erzählt hast und du bist damit nicht alleine. Ich werde dir helfen, das verspreche ich dir. Wir haben wirklich gute Psychologen, mit denen du reden solltest."

„Ich brauche keinen Seelenklempner, ich bin nicht verrückt!", schnauzte Beate und stieß Antonias Arm von sich.

„Und damit es so bleibt, solltest du jede Hilfe in Anspruch nehmen", antwortete Antonia energisch und signalisierte dem Mädchen damit, dass Widerspruch sinnlos war. „Vielleicht solltest du als allererstes mit deiner Mutter sprechen, ich kann mir vorstellen, dass sie ziemlich traurig darüber wäre, wenn sie es von jemand anderem erfährt." Im Stillen fragte sie sich, ob die Frau überhaupt zu tieferen Gefühlen in der Lage war, geschweige denn auch nur begreifen konnte, wie schwerwiegend die Probleme ihrer Tochter waren.

Beate senkte den Kopf und nuschelte: „Die interessiert das doch sowieso nicht ...“

„Das wollen wir mal sehen, aber all das hat noch ein paar Tage Zeit. Beruhige dich erst mal und wenn du reden möchtest, kannst du mich anrufen – jederzeit, okay?“ Antonia drückte Beate ihre Karte in die Hand und lächelte ihr aufmunternd zu, bevor sie das Zimmer verließ.

Beide Kommissare waren froh, als sie das Haus endlich wieder verlassen konnten.

„Jetzt haben wir also bei Beate ein Motiv, aber das ändert nichts daran, dass sie immer noch viel zu jung ist ...“, Magnus verstummte nachdenklich.

„Zu jung wofür? Scheinbar ist sie für den Vater alt genug gewesen, um sie zu belästigen, dann sollte sie auch alt genug sein, um sich dagegen zu wehren.“ Antonia biss die Zähne zusammen, allein der Gedanke daran bereitete ihr Magenschmerzen. „Warten wir die Auswertung der Fußspuren und die DNA-Analyse ab, vielleicht bringt uns das weiter. Hast du schon Pläne fürs Wochenende? Ich vermute, du hängst dich an den Computer, fragt sich nur, ob im Revier oder zu Hause?“

„Gut vermutet Sherlock, dann brauche ich mich am Montag nicht damit aufzuhalten, wenn hoffentlich die Berichte vorliegen. Und wie sieht es bei dir aus? Ein heißes Date?“ Im selben Moment ärgerte Magnus sich über seine Neugierde und hoffte gleichzeitig, dass sie verneinen würde.

Grinsend wackelte Antonia mit dem Kopf, „Date? Ja - heiß? Nein! Ich fahre heute Abend nach Lunau und werde dort wohl auch übernachten. Ich sehe Franziska viel zu selten und möchte die Gelegenheit nutzen, um vielleicht noch ein paar Infos zu bekommen. Meine Berichte werden wohl bis nächste Woche warten müssen, jetzt ist erst mal Wochenende."

# 7.

Erleichtert lenkte Antonia ein paar Stunden später ihren Wagen auf den kleinen Parkplatz, der den Gästen der Pension zur Verfügung stand und zog den Schlüssel aus dem Zündschloss. Sie freute sich auf den Abend mit Franziska und hoffte, trotz aller Unklarheiten ein wenig entspannen zu können. Wenn nicht hier, wo dann?

„Toni, Mädchen, dich habe ich aber lange nicht gesehen, wie geht es dir, komm doch erst mal rein ...", Franziskas Bruder Theo schoss hinter dem Tresen hervor und zog die Kommissarin in die Arme.

Er war wie immer wie aus dem Ei gepellt, Antonia kannte ihn nicht anders und es spielte dabei keine Rolle, ob Gäste zu betreuen waren oder er lediglich Büroarbeiten erledigte. Die dunklen Haare waren nach hinten gegelt, die dunkle Brille verlieh seinem Gesicht den Eindruck eines Gelehrten, den er gerne durch passende Kleidung unterstrich. Das hellblaue Hemd und die dezent gemusterte Krawatte passten perfekt zu seiner dunkelblauen Buntfaltenhose mit exakter Bügelfalte. Sein verschmitztes Lächeln aus grau-grünen, intelligenten Augen hatte Antonia schon immer gut gefallen. Dennoch hatte sie ihn nie als potentiellen Partner, sondern vielmehr als großen Bruder betrachtete.

„Das waren ziemlich genau die Worte deines Vaters, als er mich gestern begrüßt hat", lachte Antonia und erwiderte die Umarmung. „Du wirst ihm immer ähnlicher."

Sein Grinsen wurde breiter. „Na, das liegt dann wohl daran, dass wir dich alle vermisst haben. Bist du privat hier? Ich habe gehört ...", das Lächeln erstarb.

„Ja und nein, aber eigentlich eher *ja* als *nein*. Du hast recht, wir haben uns viel zu lange nicht gesehen und der Anlass gestern war nicht so toll. Ich würde heute gerne hierbleiben, wie früher ein paar Jimmy Sour kippen und in alten Zeiten schwelgen. Morgen sehe ich mich dann vielleicht im Ort ein wenig um, möglicherweise erfahre ich noch etwas Interessantes. Wo warst du eigentlich gestern? Ich habe dich vermisst."

Theo zögerte einen Moment zu lange, bevor er entgegnete: „Ich hatte etwas vor, ist das wichtig? Werde ich jetzt *verdächtigt?*"

„Quatsch, ich war nur neugierig, sehen wir uns nachher noch oder hast du wieder *etwas vor?*" Antonia betonte die letzten Worte und deutete dabei Gänsefüßchen an.

„Wie könnte ich mir entgehen lassen, mit euch beiden Spaß zu haben", entgegnete Theo erneut lachend, bevor er sich dem klingelnden Telefon zuwandte.

„Warum braucht man eigentlich immer erst einen ernsten Anlass, bevor man sich daran erinnert, was wirklich wichtig ist?" Franziska kuschelte sich in ihren Sitzsack und nippte an ihrem Glas. Franziskas Wohnzimmer war noch farbenfroher als Antonias Hängematte. Anstelle einer konservativen Couch umrahmten den kleinen Tisch eine Anzahl quietschbunter Sitzsäcke. Die offenen Fächer des hellen Kieferschranks waren voller Reisesouvenirs, deren Herkunft Antonia mit geschlossenen Augen aufzählen konnte, da sie bei fast jedem Kauf mit dabei gewesen war. Bevor sie sich auf dem kanariengelben Sitzsack niederließ, stellte sie sich wie immer vor die Erinnerungsstücke.

„Weißt du noch, wir haben die ganze Zeit vergeblich versucht, irgendetwas zu hören." Sie hielt sich eine große Muschel ans Ohr und hielt konzentriert die Luft an.

Franziska lachte. „Tja, vielleicht war der Wein schuld an unserer Hörschwäche, oder Marco ..."

„Oder Leonardo ...", Antonia erinnerte sich noch sehr genau an die beiden feurigen Italiener, die vor vielen Jahren ihren Campingurlaub auf Capri versüßt hatten.

Während sie sich vom Schrank abwandte, ging sie auf die vorangegangene Äußerung der Freundin ein. „Naja, sei froh, dass uns jetzt keine Beerdigung oder so zusammengebracht hat." Im nächsten Moment ärgerte sie sich über ihre unbedachten Worte. „Ich meine, keine von jemandem, der uns nahesteht ..."

„Schon gut, du hast ja recht. Kannst du mir irgendetwas sagen oder ist das alles noch geheim?"

„Du weißt doch, wie das läuft, bisher haben wir aber ohnehin noch nichts Konkretes in der Hand. Vielleicht ist es tatsächlich reiner Zufall gewesen und er war zur falschen Zeit am falschen Ort. Davon gehe ich momentan aus, schließlich hat sich nie bestätigt, was der Kerl möglicherweise auf dem Kerbholz hat."

„Möglicherweise? Zweifelst du immer noch daran? Ich dachte, das hätten wir längst hinter uns gelassen?" Franziska schüttelte verärgert den Kopf. Ihr Gespräch wurde von Theo unterbrochen, der mit einer Flasche Jim Beam in der Hand ins Wohnzimmer trat. „So Mädels, *Feierabend*, jetzt wird Party gemacht."

Aber so sehr sie sich auch bemühten, immer wieder kamen die drei Freunde auf die Ereignisse des letzten Tages zu sprechen und Antonia fiel es zunehmend schwerer, keinerlei konkrete Äußerungen zu machen. Nachdenklich betrachtete sie das Glas in ihrer Hand. Wenn es so weiterging, musste sie unbedingt aufhören zu trinken, ansonsten rutschten ihr ganz sicher irgendwelche Dinge raus, die niemanden etwas angingen. Dabei wollte sie eigentlich noch gar nicht aufhören zu trinken ...

„So, passt mal auf", verkündete sie. „Ich habe keine Lust, jedes Wort auf die Goldwaage zu legen. Wenn ihr wollt, dass ich weiterhin gut gelaunt mitfeiere, muss *ein* Thema jetzt endgültig tabu sein – ist das klar?" Ihr strafender Blick wechselte von Franziska zu Theo.

Theo salutierte und entgegnete: „Okay Chefin, verstanden. Der Drecksack ist es ja auch gar nicht wert, dass wir ständig über ihn sprechen. Er hat einfach bekommen, was er verdient hat, wem auch immer wir das zu verdanken haben ..."

Zu Antonias Erleichterung hielten sich die Geschwister an ihr Versprechen und es war lange nach Mitternacht, als sie in einem der gemütlichen Gästezimmer tief und traumlos einschlief. An weitere Ermittlungen war am nächsten Tag nicht zu denken. Der ungewohnte Alkohol sorgte dafür, dass ein kleiner gehässiger Zwerg in ihrem Schädel mit einem Presslufthammer Steine zertrümmerte und Antonia rechtfertigte sich damit, dass schließlich Wochenende sei und ihr auch mal eine Pause zustand. Als sie gegen Abend ihre Wohnungstür aufschloss, huschte sie nur noch schnell unter die Dusche und freute sich darauf, am kommenden Tag ausgiebig auszuschlafen.

# 8.

Das Klingeln war so penetrant und nervtötend, dass Antonia wütend die Bettdecke zurückschlug und die Aussicht auf weiteren Schlaf endgültig begrub, nachdem sie zuvor einige Minuten erfolglos versucht hatte, das schrille Geräusch mit dem dicken Kissen zu ersticken.

Gähnend tapste sie zur Eingangstür und knurrte in die Sprechanlage: „Wer stört am Sonntag?"

„Mach auf, ich stehe hier schon eine Ewigkeit", raunzte Magnus ebenso unfreundlich zurück.

„Warum hast du nicht angerufen?" Antonia warf einen Blick auf die große Wanduhr, deren kleiner Zeiger nicht mal ganz die Neun erreicht hatte - für einen Sonntagmorgen war das definitiv keine passende Besuchszeit.

„Wenn du mal auf dein Handy sehen würdest, könntest du dir die Frage selbst beantworten", erwiderte Magnus, während er sich an ihr vorbei in die Wohnung schob.

Ein kurzer Blick bestätigte sieben verpasste Anrufe. „Okay, ich habe es wohl stumm geschaltet", gab sie zu und das musste als Entschuldigung ausreichen, bis sie richtig wach war. „Machst du uns bitte Kaffee, ich ziehe mich schnell an."

Eine Viertelstunde später saßen sich die beiden Kommissare am kleinen weißen Tisch in der Miniküche gegenüber. Die Eckbank war mit demselben quietschroten grobgewebten Stoff bezogen, wie die beiden Stühle und stand in interessantem Kontrast zu den weißen Schränken. Fasziniert stellte Magnus fest, wie konsequent seine Kollegin die rote Farbe eingehalten hatte: Von den Kaffeebechern über das Milchkännchen und die Zuckerdose, die Antonia auf den Tisch stellte, bis hin zu dem auf der weißen Arbeitsplatte ordentlich aufgereihten Toaster, der Kaffeemaschine und dem Wasserkocher.

War es Zufall, dass sie zur hellen Jogginghose ein rotes Sweatshirt trug? „Isst du im Wohnzimmer, wenn du etwas Blaues oder Grünes anhast?" Magnus grinste bei dem Gedanken und überlegte, ob seine schwarze Bikerjacke küchentauglich war.

„Was gibt es denn so Wichtiges?" Antonia überging die Frage und überlegte mit wachsendem Unbehagen, ob seine belustigte Miene wirklich nur mit ihrer harmonisch eingerichteten Küche zusammenhängen konnte.

Wohl kaum - mit einem breiter werdenden Grinsen zog Magnus einen kleinen wattierten Umschlag aus der Tasche und legte ihn vor ihr auf den Tisch. „Das hier ist gestern Nacht abgegeben worden und ich wollte es nicht ohne deine Zustimmung öffnen. Ist doch für dich oder meinst du nicht?"

Mit gerunzelter Stirn las Antonia den kurzen Text auf dem Umschlag. *Streng geheim! Nur die komische Komisarin mit den roten Haaren und den Sommersprossen darf es öffnen.*

„Was ist das denn für ein Blödsinn? Richtige Rechtschreibung ist bei manchen wohl reine Glückssache. Ich hoffe, du hast das niemandem gezeigt?" Auch wenn sie nicht verleugnen konnte, mit dieser wenig schmeichelhaften Beschreibung gemeint zu sein, musste das ja niemand erfahren.

„Das würde ich doch *nie* tun, allerdings lag es nicht auf deinem Tisch, sondern wurde unten abgegeben", feixte Magnus bevor er ergänzte: „Laura hatte Nachtdienst."

„Na klasse, dann können wir es auch gleich ans schwarze Brett hängen." Antonia seufzte frustriert. Laura war die allseits beliebte Empfangsdame des Reviers und jeder, wer hinein oder hinaus wollte, musste zunächst an ihr vorbei. Nichts und niemand entging ihrem aufmerksamen Blick aus den unschuldigen blauen Kulleraugen, die in Kombination mit ihrer blonden Lockenmähne den Eindruck erweckten, als könne sie kein Wässerchen trüben.

Es kam nur ganz vereinzelt vor, dass ihr ein Name nicht auf Anhieb einfiel und damit nicht genug, wusste sie in aller Regel auch über Familienstand, Hobbys, besondere Vorlieben und Abneigungen jedes Einzelnen auf dem Revier bestens Bescheid.

Antonia hatte Magnus gegenüber schon mehrfach ihren dringenden Verdacht geäußert, dass Laura über ihre vielseitigen Kenntnisse sorgfältig Buch führte, aber erwischt hatte sie dabei bisher niemand.

Jeder bemühte sich, Laura freundschaftlich zu begegnen - vor allem, um zu vermeiden, ihren Zorn auf sich zu ziehen. Sie wusste einfach zu viel und hatte darüber hinaus keinerlei Hemmungen, ihr Wissen ungefragt und ungefiltert weiterzugeben.

Allerdings kaufte Antonia ihr die Unschuld, die sie dabei gern zur Schau stellte, nicht ab. Sie hatte bereits mehrfach miterlebt, wie gekonnt und gezielt Laura Informationen gestreut hatte. Das erfolgte vornehmlich im freundlichen Plauderton, damit man die Giftspritzen nicht sofort spürte. Die Vorstellung, dass Laura den Umschlag entgegengenommen und umgehend auf Antonia geschlossen hatte, jagte der Kommissarin einen Schauer über den Rücken.

„Schön, dass sie dir damit zumindest eine Freude gemacht hat." Antonia schob den Umschlag zur Seite. Um sich von ihrem Ärger abzulenken, plante sie bereits den Gegenschlag - ein bisschen Rache hatte sie sich ihrer Meinung nach verdient.

Ihr Kollege tappte prompt in die ausgelegte Falle.

„Willst du es nicht aufmachen?" Magnus wippte nervös auf dem Stuhl, er fieberte bereits seit seiner Ankunft im Revier dem Moment entgegen und war mittlerweile kaum noch in der Lage, seine Ungeduld zu verbergen. Natürlich würde er niemals zugeben, wie sehr er sich bereits darum bemüht hatte, den Umschlag zu öffnen, ohne Spuren zu hinterlassen. Seine unter dem Wasserdampf verbrannten Fingerkuppen taten immer noch weh.

Seine Kollegin schüttelte desinteressiert den Kopf. „Ne, heute ist doch Sonntag. So wichtig wird es nicht sein, fühlt sich an wie ein Schlüsselanhänger oder so was. Wahrscheinlich haben sie das Revier mit dem Fundbüro verwechselt."

Fassungslos beobachtete Magnus, wie Antonia aufstand und ihre Kaffeetasse auffüllte. „Das ist nicht dein Ernst oder?" Ihr diabolisches Grinsen zeigte ihm unmissverständlich, dass er wieder einmal auf sie hereingefallen war. „Nein, natürlich nicht. Mach schon auf, du hast es dir verdient."

Blitzschnell streifte er sich die Handschuhe über und zog einen Moment später einen Computerstick aus dem Umschlag. „Kein Schlüsselanhänger, sondern etwas viel Interessanteres", murmelte er und wartete ungeduldig darauf, dass Antonia ihren Laptop hochfahren ließ.

Sie schob das Gerät zu Magnus. „Mach du, das geht schneller." Im nächsten Moment stand sie bereits hinter ihm, um bessere Sicht zu haben.

„Hm, das sind Fotos, etliche ... mal sehen, was drauf ist."

Als sich das erste Foto öffnete, beugten sich beide Kommissare interessiert nach vorne. Das Bild war schlecht beleuchtet, zeigte jedoch zweifelsfrei eine gynäkologische Praxis. Seitlich waren zwei nackte Beine auf dem Untersuchungsstuhl zu erkennen, das Gesicht der Person lag außerhalb des Bildausschnitts. Ihr restlicher Körper wurde von einer weiteren Person verdeckt, die zwischen den Beinen stand und deren Hose ein Stück nach unten gezogen war. Auch hier war kein Oberkörper zu erkennen.

Magnus atmete hörbar aus, „Was ist das denn, irre ich mich, oder ..."

Antonia schluckte. „Wir werden wohl gerade Zeugen eines Techtelmechtels während einer gynäkologischen Untersuchung. Mach mal weiter, vielleicht sind irgendwo Gesichter erkennbar." Sie stützte die Hände auf die Stuhllehne, um das Zittern zu verbergen.

In schneller Reihenfolge klickte der Kommissar durch die Bilder.

„Mist, es ist immer aus der gleichen Perspektive, da kann man nicht erkennen, wer da mit wem zugange ist", stöhnte Antonia. „Halt, mach noch mal zurück."

„Das ist jetzt ein anderer Raum oder irre ich mich?" Magnus runzelte die Stirn im Versuch, Genaueres zu erkennen.

Nachdem sie die Bilder mehrfach angesehen hatten, waren sie in der Lage, sie grob zu sortieren. Der Stick enthielt fast zwei Dutzend Fotos, die jeweils zwei Personen bei sexuellen Aktivitäten in vier unterschiedlichen gynäkologischen Praxen zeigten. Leider war nirgends ein Gesicht erkennbar.

„Verdammt, was machen wir jetzt damit?" Magnus schüttelte frustriert den Kopf und fuhr sich durch sein sorgfältig frisiertes Haar. „Denkst du, es sind immer die gleichen Personen und das ist jedes Mal *einvernehmliches Liebesspiel*? Wer ist denn mit so etwas einverstanden?"

Antonia zuckte die Achseln. „Das müssen wir herausfinden, ich finde es ekelhaft, aber das ist wohl Geschmackssache. Es fragt sich außerdem, von wem der Stick ist und warum wir ihn gerade jetzt bekommen haben. Um eine Antwort darauf zu finden, müssen wir zunächst rauskriegen, wer auf den Bildern ist und wann, wo und von wem sie gemacht wurden ..."

„Eine Menge Fragen und ich habe noch keine Ahnung, wo wir die Antworten finden. Lass uns alles noch mal sorgfältig ansehen und wenn wir nicht weiterkommen, geben wir es am Montag den Technikern, vielleicht können die mehr herausholen."

Eine halbe Stunde später flimmerten die Bilder, die Magnus ausschnittweise immer weiter vergrößert hatte, vor den Augen der Kommissare, allerdings begann sich die Mühe allmählich zu lohnen.

„Hey, das ist kein Bild, sondern ein Kalender an der Wand." Antonia rieb sich die Augen. „Versuch mal, ob du es noch größer machen kannst." Sie war froh, dass Magnus sich mit der Technik auskannte und scheute sich nicht, ihm immer mehr abzuverlangen.

„Du hast recht, da ist ein Schriftzug", stimmte er ihr zu und entzifferte mühsam die Adresse einer Apotheke in Berlin.

„Okay, Nummer eins hätten wir", Antonia schob sich die Ärmel ihres Sweatshirts hoch und nickte zufrieden. „Ich bestelle uns jetzt eine Pizza und du machst schon mal weiter. Wäre doch gelacht, wenn zwei hervorragende Ermittler nicht noch viel mehr herausbekämen."

Motiviert durch den schnellen Erfolg nahmen sie sich die nächste Serie vor, allerdings halfen ihnen weder der Fensterausschnitt noch die kahlen

Wände weiter. Magnus vergrößerte die Ausschnitte immer mehr, bis sich Antonia erschrocken in seine Schulter krallte. „Stopp!"

„Was hast du denn? Das ist nichts, nur irgendein Fleck am Hintern, bei der Vergrößerung kann man allmählich gar nichts mehr erkennen", Magnus rieb sich nun ebenfalls die Augen, bevor er sich zu ihr umdrehte.

„Das ist kein *Fleck*, ich beweise es dir", widersprach sie und schüttete hektisch den Inhalt ihrer Tasche auf den Tisch. Magnus bemühte sich, Kugelschreiber, Labello und Kleingeld aufzufangen, bevor alles vom Tisch kullerte.

Im nächsten Moment riss Antonia den Umschlag mit den Obduktionsbildern auf und blätterte sie durch. Triumphierend hielt sie ihm ein Foto vor die Nase. „Siehst du, kein Fleck, sondern ein Muttermal."

Der Kommissar nickte zustimmend. „Tatsächlich, zweimal so etwas Auffälliges an der gleichen Stelle kann kein Zufall sein, ich denke, wir haben den Kerl auf dem Stick identifiziert. Schauen wir mal, ob jede Serie das gleiche Merkmal trägt."

Als er keine Antwort bekam, wandte er sich erneut zu Antonia um. Sie war so leichenblass, dass er schnell seinen Stuhl zurückschob, um sie aufzufangen, falls sie im nächsten Moment ohnmächtig werden sollte. „Was ist mit dir? Geht es dir gut?"

Antonia senkte den Kopf und als sie ihn wieder hob, schwammen ihre Augen in Tränen. „Ich muss dir etwas erzählen", stammelte sie und rang nach

Worten. Inzwischen zitterte sie am ganzen Körper und Magnus begann sich ernsthafte Sorgen um sie zu machen. So hatte er seine Kollegin noch nie erlebt.

„Komm, versuch dich zu beruhigen, wir machen hier erst mal Schluss. Was hältst du davon, wenn wir uns auf den Balkon setzen, ganz weit weg von diesen Fotos und du erzählst mir, was dich so fertigmacht." Er legte den Arm um sie und Antonia ließ sich widerspruchslos auf den Balkon führen.

Eine halbe Stunde später blickte sie auf den Berg zerknüllter Taschentücher, der auf ihrem Schoß lag und seufzte. So schwer hatte sie sich das Geständnis nicht vorgestellt, auf der anderen Seite fühlte sie sich auch unendlich erleichtert - als sei eine zentnerschwere Last endlich von ihren Schultern genommen.

Magnus hatte ihr wortlos zugehört, nur immer wieder fassungslos mit dem Kopf geschüttelt und versucht, seine Gefühle unter Verschluss zu halten. Am liebsten hätte er sich den Täter persönlich vorgeknöpft, mitleidlos akzeptierte er, dass ihm dabei jemand zuvorgekommen war.

„Naja, das war letztendlich der Grund, warum ich überhaupt zur Polizei gegangen bin. Nicht um ihn persönlich zu finden, sondern um zu verhindern, dass solche Schweine ungestraft davonkommen." Antonia schnäuzte sich die Nase. „Ich gehe nur kurz ins Bad und dann ist Schluss mit der Heulerei, versprochen."

„Hey, dazu sind Freunde doch da", tröstete Magnus und stellte erleichtert fest, dass sie schon wieder in der Lage war zu lächeln. „Er scheint tatsächlich der Mann auf allen Fotos zu sein. Auch wenn es teilweise schwer erkennbar ist, taucht der Leberfleck überall auf. Jetzt haben wir auf alle Fälle ein mögliches Motiv, fragt sich nur, ob eines seiner Opfer Rache genommen hat. Wenn er seiner Neigung treu geblieben ist, waren alle Frauen noch sehr jung, aber sie werden ja auch älter ... und wer weiß, mit wem sie darüber gesprochen haben."

Magnus versuchte sich auszumalen, welche Belastung das Schweigen für seine Kollegin bedeutet haben musste. „Ich kann mir nicht vorstellen, dass alle deine Kraft besessen haben und ganz alleine damit klargekommen sind. Dass du deiner Mutter nichts sagen wolltest, verstehe ich ja, aber gab es all die Jahre niemanden, dem du dich anvertrauen konntest? Vielleicht ein Exfreund?"

„Ne, dazu ist es nie gekommen. Naja, es wurde im Laufe der Zeit leichter, ich denke nicht mehr so oft daran ... Franziska weiß natürlich Bescheid, sie konnte mir zwar auch nicht helfen, hat mir aber immer zugehört und mich getröstet, wenn es mir schlecht ging."

Magnus blickte sie ernst an und fragte: „Kannte sie den Arzt persönlich?"

„Sie ist meine beste Freundin, keine Mörderin und der Stick kann nicht von ihr gekommen sein", fauchte Antonia. „Wir müssen woanders suchen." Beim Gedanken an Franziska spukte ihr ein Gedanke im Kopf herum, ohne ihn greifen zu können. Als sie Samstag zusammen waren, hatte sie irgendetwas misstrauisch gemacht, was war das bloß gewesen?

„Okay, lassen wir es erst mal dabei. Mit diesen Beweisfotos bekommen die Anzeigen eine ganz neue Qualität. Mal sehen, ob etwas aus Berlin dabei ist." Es dauerte nicht lange, bis Magnus einen triumphierenden Schrei ausstieß. „Bingo, hier ist eine Anzeige aus Berlin, aus der Zeit, in der Hansen dort Vertretung gemacht hat. Liegt über zehn Jahre zurück ..." Er überflog den angezeigten Text und fuhr fort, „Elvira Sandos, damals siebzehn Jahre alt, hat ihn angezeigt, wurde allerdings fallengelassen, da das Mädchen bereits polizeilich bekannt war, hat die Schule geschmissen, ist mehrfach von zu Hause abgehauen ... Ich weiß zwar nicht, warum sie deshalb automatisch lügen sollte, aber ansonsten steht hier nichts weiter als Begründung."

Magnus musterte Antonias blasses Gesicht. „Ich denke, wir haben für heute definitiv genug gearbeitet und ich sehe keinen Grund dafür, uns das Wochenende komplett zu versauen. Was hältst du davon, wenn wir in den Englischen Garten fahren, spazieren gehen, ein Eis essen und uns wie ganz *normale* Leute an ihrem freien Tag benehmen?"

Antonia grinste. „Hört sich spießig, aber sehr reizvoll an ... und am Montag knöpfen wir uns die Damen Hansen noch mal vor. Ich habe einen dringenden Verdacht, wem wir den Stick zu verdanken haben."

Antonia konnte kaum fassen, wie gut es sich anfühlte, endlich offen mit Magnus sprechen zu können. Der gestrige Tag war so schön gewesen, dass sie immer noch ein warmes Gefühl verspürte, wenn sie daran zurückdachte. Ihre Sorge, dass ihnen der Gesprächsstoff ausgehen könnte, wenn sie alles Dienstliche beiseiteschoben, hatte sich absolut nicht bewahrheitet. Wann hatte sie sich das letzte Mal so wohlgefühlt? Wann hatte sie so viel Spaß mit einem anderen Menschen gehabt, so viel gelacht, während sie sich verbale Ping-Pong-Bälle zuwarfen? Beide hatten abwechselnd von sich erzählt und Magnus zeigte an allen Details ihres Lebens Interesse. Im Gegensatz zu manchem Exfreund konnte er gut zuhören, ohne sich selbst ständig in den Mittelpunkt zu spielen. Trotzdem hatte sie dafür gesorgt, auch ihn zu Wort kommen zu lassen, so dass sie ihren Kollegen in den wenigen Stunden viel besser kennengelernt hatte, als in all den vergangenen Monaten. Mit Erstaunen stellte sie immer wieder fest, wie viele Parallelen ihrer beider Leben hatte.

Als er sie zu Hause ablieferte, bedauerte sie unwillkürlich, dass er keinen Versuch unternahm, mit in ihre Wohnung zu kommen. Stattdessen hatte er sie in den Arm genommen und sich mit einem züchtigen Küsschen auf die Wange verabschiedet. „Lassen wir es langsam angehen, okay?" Dabei hatte er sie mit seinen strahlendblauen Augen entschuldigend angesehen.

Vielleicht lag seine Zurückhaltung daran, dass er im Gegensatz zu ihr bereits verheiratet gewesen war. Sprechen wollte er darüber nicht und hatte das Thema so kurz wie möglich abgehakt. „Ich war noch sehr jung und naiv. Ich dachte, Job und Beziehung funktioniert, aber dafür muss der Partner erst einmal verstehen, was mein Job für mich bedeutet."

„Für diese Erkenntnis muss man nicht vor den Traualtar stiefeln", hatte sie entgegnet und alle Erinnerungen an missglückte Beziehungen konsequent beiseitegeschoben.

# 9.

Während Magnus den Stick kopierte und das Original zunächst auf Fingerabdrücke untersuchen ließ, um es dann an die Techniker weiterzugeben – mit einer langen Liste an Fragen, die dringend zu klären waren – kümmerte sich Antonia am Montagmorgen um den vorliegenden Bericht der Spurensicherung.

Frustriert seufzte sie und schob die Blätter zusammen. Es konnten mindestens drei unterschiedliche Fußspuren am Tatort ermittelt werden, eine barfuß und mehrere mit unterschiedlichen Schuhprofilen. Sowohl die Barfußspuren als auch eine der anderen ließen sich Richard Hansen relativ sicher zuordnen, da er freundlicherweise seine Schuhe in der Nähe des Tatorts zurückgelassen hatte.

Die verbleibenden Spuren waren auf dem trockenen felsigen Boden so undeutlich und unvollständig gewesen, dass exakte Abdrücke unmöglich waren und nicht einmal die Schuhgrößen festzustellen waren. Antonia begrub die Hoffnung, zumindest einen Anhaltswert über das Geschlecht der weiteren Personen zu gewinnen.

Der Bericht der Obduktion war ebenso unbefriedigend, da er keine neuen Erkenntnisse enthielt. Die DNA-Analyse der Hautpartikel unter den Fingernägeln des Opfers erwies sich als extrem schwierig, ein Ergebnis würde wohl noch ein paar Tage dauern.

Da Magnus immer noch im Haus unterwegs war, widmete sich Antonia erneut ihren Aufzeichnungen. Während sie die Gesprächsprotokolle wieder und wieder durchging, fiel ihr endlich ein, was sie die ganze Zeit gestört hatte.

„Ha, das ist es!" Sie klatschte mit ihrer Hand so fest auf den Schreibtisch, dass die Kaffeetasse klirrte.

„Was ist es?" Magnus war unbemerkt ins Büro gekommen und richtete seinen prüfenden Blick auf die Kollegin. „Du siehst aus wie eine zufriedene Katze, die gerade eine Maus gefangen hat", fügte er grinsend hinzu.

Die Kommissarin nickte. „Ich weiß endlich, was mir die ganze Zeit nicht einfallen wollte. Als ich in Lunau war, hat Theo so eine komische Äußerung gemacht. Er meinte, Hansen hätte bekommen, was er verdient hat. Ich habe dummerweise nicht gleich nachgehakt und frage mich seitdem, wie er das überhaupt beurteilen konnte."

„Theo ist Franziskas Bruder, warum sollte deine Freundin ihn nicht irgendwann eingeweiht haben? Hast du nicht gesagt, sie wären immer schon ganz dicke miteinander gewesen?" Magnus schob ihr das Telefon rüber. „Ruf ihn direkt an und frag nach".

Als sich der Anrufbeantworter einschaltete, legte sie den Hörer wieder auf. „Es meldet sich niemand, ich versuche es später noch mal."

„Ich denke, es wird Zeit für einen erneuten Besuch bei den Damen Hansen. Ich möchte zu gerne erleben, wie Beate sich herauswindet, wenn wir ihr auf den Kopf zu sagen, dass sie uns den Stick geliefert hat." Antonia streckte sich und versuchte, die verkrampften Muskeln zu lockern, indem sie die Schultern rollte.

„Einen Moment noch, ich will dir noch etwas zeigen." Magnus saß bereits an seinem Schreibtisch und fuhr den Computer hoch.

Normalerweise fiel es Antonia nicht schwer, seinen Gesichtsausdruck zu deuten, aber diesmal erkannte sie darin zugleich Entschlossenheit und Verunsicherung und noch etwas anderes ... bat er mit dem vorsichtigen Lächeln um Entschuldigung? Wofür?

Sie setzte sich auf seine Tischkante und legte ihre Hand auf seinen Arm. „Was ist los?"

Magnus seufzte und stoppte die Eingabe der Daten, mit der er gerade beschäftigt war. Er wandte sich Antonia zu und begann, nachdem er sich davon überzeugt hatte, dass die Tür geschlossen war, leise zu sprechen. „Ich danke dir für dein Vertrauen und dass du mir alles erzählt hast. Das muss schwer für dich gewesen sein und ich verspreche, dir zur Seite zu stehen, wenn du mich brauchst, ohne mich dabei aufzudrängen."

Er legte seine Hand auf ihre und streichelte sanft über ihre Haut. „Du willst das mit Sicherheit nicht hören, aber nachdem du so ehrlich gewesen bist, möchte ich nicht zurückstehen." Er zögerte einen Moment, bevor er herausplatzte: „Egal wie gut du deinen Job machst, wollte ich dich irgendwie vom ersten Tag an beschützen".

Antonia versuchte, ihre Hand zurückzuziehen, aber Magnus ließ sie nicht los.

„Warte, ich bin noch nicht fertig. Das, was ich dir gleich zeigen werde, möchte ich am liebsten vor dir verstecken, aber das funktioniert so nicht …"

„Kommst du jetzt endlich auf den Punkt oder gibt es dich heute nur im Weichspülgang?" Antonia wusste nicht, was sie mit seinen Worten anfangen sollte und versteckte ihre Unsicherheit lieber hinter Spott.

Ohne sie dabei loszulassen, erklärte Magnus, dass er sich zwischenzeitlich mit Elvira Sandos beschäftigt hatte, dem Mädchen, das in Berlin Hansen angezeigt hatte und möglicherweise auf dem Stick zu sehen war. Ihre bewegte Vergangenheit hatte zu einem Eintrag in der Polizeidatenbank geführt. Bevor er den Bildschirm in Antonias Richtung drehte, zögerte er erneut und warf einen Blick auf die geschlossene Tür. „Kommt sie dir bekannt vor?", presste er hervor.

Antonia zuckte zusammen, als sie das Foto sah. Das junge Mädchen, das ihr vom Bildschirm entgegenblickte, machte einen unschuldigen Eindruck. Mit großen grünen Augen schaute es in die Kamera, als verstünde es überhaupt nicht, was um sie herum geschah. So sah keine Straftäterin aus, schoss ihr durch den Kopf, aber was sie wirklich erschütterte, waren ihre blasse Haut, auf der vorwitzig einige Sommersprossen herausblitzten und die rotbraunen Locken, die in sanften Wellen bis über ihre Schultern fielen. Die Ähnlichkeit zu ihr selbst ließ sich unmöglich verleugnen, auf den ersten Blick hätte es ein Foto von ihr als Teenager sein können.

„Na, er scheint seinem Typ treu zu bleiben", flüsterte sie. „Das sollte unsere Suche erleichtern – oder siehst du das anders?"

Magnus schüttelte den Kopf. „Das sehe ich genauso und wir werden so lange graben, bis wir alles ans Licht gebracht haben. Wenn es dir zu viel wird …"

„Stopp, kein Wort weiter. Am besten vergisst du erst mal, was ich dir gestern erzählt habe und wenn du das nicht schaffst, dann lass es dir zumindest nicht so deutlich anmerken. Damit hilfst du mir am meisten, okay?" Sie wartete auf sein zustimmendes Nicken, bevor sie vorschlug, sich endlich auf den Weg zu machen.

„Die kleine Hansen passt nicht ins Bild, denkst du, die Ähnlichkeit war doch nur zufällig?"

Antonia strich sich eine Locke aus dem Gesicht.

„Die pechschwarzen Haare sind definitiv gefärbt, auf ihren Kinderbildern waren sie rot-braun und außerdem hat sie zugegeben, ihr Aussehen verändert zu haben. Die Schwester ist ein ganz anderer Typ, aber Beate passt ins Schema. Und selbst die schwarzen Haare haben ihren Vater nicht davon abgehalten, sie weiter zu belästigen."

Magnus versuchte, sich das Mädchen mit Antonias Haaren vorzustellen. „Das arme Ding hat also ganz vergeblich versucht, sich so hässlich wie möglich zu machen."

Sie mussten ihr Gespräch unterbrechen, da sie inzwischen die Haustür erreicht hatten, die heute fest verschlossen war.

Beate öffnete ihnen und es war ihr deutlich anzusehen, dass sie die Tür am liebsten sofort wieder zugeschlagen hätte.

„Wir müssen noch mal mit dir reden, ist deine Mutter da?" Antonia drängte sich an ihr vorbei und sah sich suchend um. Sie brauchte nicht lange warten, Frau Hansen hatte das Klingeln ebenfalls gehört und kam ihnen mit fragendem Blick entgegen.

Kurze Zeit später saßen sie sich im Wohnzimmer gegenüber. Magnus hatte den Laptop auf den Tisch gestellt und überließ es seiner Kollegin, die Frauen über den Grund ihres Besuches aufzuklären.

Als er den Stick in die Buchse schob, blickte Antonia Beate fragend an. „Du weißt, was auf dem Stick ist, habe ich recht? Die *komische Komisarin* ist vielleicht komisch, aber ganz sicher nicht dumm, es wäre das Beste, wenn du uns nicht länger anlügst."

Beate wechselte mehrfach die Gesichtsfarbe, während sie fieberhaft nach Wegen suchte, sich doch noch herauszureden.

Klara Hansen schaute irritiert von einem zum anderen. „Kann mir vielleicht mal jemand erklären, worum es hier geht? Wobei haben sie meine Tochter überführt?"

Magnus drehte den Laptop so, dass Klara Hansen die Bilder sehen konnte. Antonia ließ sie dabei nicht aus den Augen und kam schnell zu dem Ergebnis, dass ihr Erstaunen nicht gespielt war – sie sah die Fotos tatsächlich zum ersten Mal.

Beate würdigte hingegen dem Bildschirm keinen Blick und bestätigte damit ihren Verdacht. Sie kannte die Fotos längst und brauchte sie sich nicht noch einmal anzusehen.

Keiner sagte ein Wort, während Magnus Bild für Bild durchklickte. Nachdem er die Datei geschlossen hatte, wandte er sich an Beate. „Also, ich denke, wir sind uns einig, dass dir jetzt nur noch die schonungslose Wahrheit hilft. Woher hast du den Stick?"

„Ich habe ihn bei meinem Vater im Arbeitszimmer gefunden, kurz bevor Sie die Hausdurchsuchung gemacht haben", gab sie zu. „Er war unter einer Schublade in seinem Schreibtisch festgeklebt. Tolles Versteck, das hab ich schon x-mal in Krimis gesehen", warf sie verächtlich ein.

*Er wahrscheinlich auch*, dachte Antonia, sagte es jedoch nicht laut, um das Mädchen nicht zu unterbrechen.

„Als ich gesehen habe, was drauf ist, stand fest, dass Sie die Bilder bekommen müssen, aber ich habe mich nicht getraut, sie Ihnen direkt zu geben. Beate hatte jedes Leugnen aufgegeben und saß zusammengesunken auf ihrem Stuhl. „Jetzt verstehe ich auch, warum er mich immer so komisch angefasst hat."

„Er hat WAS?" Die schrille Stimme ihrer Mutter zeigte deren Bestürzung. „Willst du damit sagen, dass er dich auch ..." Ihr versagte die Stimme und sie blickte hilfesuchend die Kommissare an.

„Frau Hansen, wollen Sie damit sagen, dass Sie wussten, was Ihr Mann all die Jahre in den Praxen mit den Patientinnen veranstaltet hat?" Der messerscharfe Klang ihrer Stimme jagte Magnus eine Gänsehaut über den Rücken und er begann bereits zu überlegen, wie er Antonia von Handgreiflichkeiten abhalten konnte.

„*Gewusst* ist etwas zu viel gesagt, aber ich habe etwas in der Art vermutet", flüsterte Klara Hansen. „Es gab immer wieder Anschuldigungen und ich habe miterlebt, wie er manche Mädchen angesehen hat. Aber ich hätte nie gedacht, dass er seine eigene Tochter belästigt. Wenn ich das gewusst hätte, wäre ich garantiert dazwischen gegangen." Sie beugte sich zu Beate und versuchte, den Arm um sie zu legen. „Schätzchen, das weißt du doch, oder?"

„Und was er den anderen Mädchen angetan hat, war natürlich den Aufwand nicht wert", raunzte Antonia und atmete tief durch. Sie durfte jetzt nicht die Fassung verlieren, so schwer es ihr auch fiel. „Sehen Sie sich die Bilder noch mal an, wir müssen wissen, wann und wo sie entstanden sind." Gleichzeitig griff sie zum Handy und forderte die Techniker auf, Hansens Geräte nach den Originalfotos zu durchsuchen.

Eine Viertelstunde später konnten sie eine weitere Serie zuordnen. „Das ist glaube ich ein Stückchen der Fototapete, die er in seiner ersten Praxis in Köln hatte", flüsterte Klara Hansen.

Nachdem er diese Praxis aufgegeben hatte, waren Frau und Kinder zunächst in Köln geblieben. Rechtzeitig vor Anettes Einschulung erfolgte der Umzug nach München.

„Richard hatte dort eine Vertretung, die mehrere Jahre dauern sollte, weil die Ärztin ins Ausland gegangen ist. Sie kam dann doch früher als geplant zurück und er ist nach Berlin gegangen. Dorthin wollte ich aber sowieso nicht mit und außerdem hatte ich kein Vertrauen in seine Versprechungen, dort auch wirklich längere Zeit zu bleiben."

„Köln liegt siebzehn Jahre zurück, die Frauen müssten inzwischen Mitte dreißig oder älter sein", überlegte Magnus und erkundigte sich bei Klara Hansen, wo ihr Mann zuletzt praktiziert hatte.

„In Hannover, dort hat er vor ein paar Monaten aufgehört, er wollte erst mal eine Pause machen, bevor er sich was anderes sucht, hat er gesagt."

Beate hatte ihre Unsicherheit überwunden und blickte provozierend von einem zum anderen. „Warum ist das überhaupt wichtig? Ich bin froh, dass er endlich tot ist, jetzt kann er wenigstens niemanden mehr quälen."

Magnus schob seinen Stuhl zurück. „Ich denke, wir sind hier erst mal fertig. Beate, du musst mit aufs Revier kommen, du stehst unter dringendem Tatverdacht, etwas mit dem Mord an deinem Vater zu tun zu haben." An die Mutter gewandt, bat er darum, ein paar Sachen für sich und ihre Tochter zusammenzupacken.

# 10.

„Wir werden sie nicht lange hierbehalten können, sie schreien schon ständig nach ihrem Anwalt und sobald der hier ist, sind sie ruck-zuck draußen." Magnus verbarg sein müdes Gesicht in den aufgestützten Händen.

„Das könnte noch ein bisschen dauern", antwortete Antonia fröhlich. „Ich fürchte, die abgespeicherte Nummer auf ihrem Handy hat irgendeinen Zahlendreher, es scheint unmöglich zu sein, Anwalt Dr. Schneider zu erreichen *und dabei geht er doch immer gleich dran.*" Die letzten Worte äffte sie perfekt im näselnden Tonfall Frau Hansens Stimme nach. Antonia hatte die Zeit sinnvoll genutzt, in der das Handy der Mutter unbeaufsichtigt auf dem Tisch gelegen hatte. Verdächtigen würde sie garantiert niemand, schließlich war allgemein bekannt, wie fremd ihr alle technischen Geräte waren.

Magnus erwiderte das Grinsen, ohne einen weiteren Kommentar dazu abzugeben. Er würde sich hüten, ihre Vorgehensweise in Frage zu stellen – auch wenn er selbst viel zu korrekt war, um manche ihrer Maßnahmen auch nur in Betracht zu ziehen. „Ich glaube trotzdem nicht, dass eine der beiden zu solch einer Tat fähig wäre – zumindest nicht ohne Unterstützung. Aber vielleicht macht sie das Warten so mürbe, dass sie doch noch mit Infos aufwarten, zum Beispiel dem Namen eines weiteren Komplizen."

„Und in der Zwischenzeit versuchen wir, weitere Opfer zu identifizieren." Antonia seufzte. „Ich rufe in den Praxen in Hannover und München an und vereinbare Termine für uns. Wenn wir dort nicht persönlich erscheinen, werden sie sich garantiert hinter ihrer Schweigepflicht verstecken und wir erfahren niemals, welche ihrer Patientinnen ins Schema passen." Die vor ihnen liegende Arbeit ragte wie ein riesiger Berg vor ihr auf und sie konnte sich nicht vorstellen, in akzeptabler Zeit zu einem Ergebnis zu kommen. Aber das Gefühl kannte sie – an irgendeinem Punkt der Ermittlungen fühlte sie sich generell so überfordert, dass sie am liebsten aufgegeben hätte. Stattdessen krempelte sie die Ärmel hoch, gab noch mehr Gas und kämpfte sich tapfer Schritt für Schritt weiter. Bis sie dann endlich Licht am Ende des Tunnels sah und im Nachhinein die Meinung vertrat, *es sei alles nicht so schlimm gewesen*.

„Wir müssen uns auch noch mal genauer in Lunau umsehen, vielleicht hat irgendjemand dort etwas mit einem der Opfer zu tun." Magnus ergänzte die lange Liste der zu erledigenden Aufgaben. „Außerdem werde ich die Spurensicherung anweisen, noch mal den Berg genauer zu untersuchen. Irgendwo müssen doch noch Fußspuren sein, um weitere Beteiligte zu identifizieren." Frustriert weigerte er sich, zu akzeptieren, dass diese Spur eine Sackgasse sein könnte.

Um Zeit zu sparen, wäre es am Sinnvollsten gewesen, die anstehenden Aufgaben unter sich aufzuteilen. Die Vorstellung, alleine in den Frauenarztpraxen aufzutreten, behagte Magnus allerdings ebenso wenig wie die Alternative dazu, diese Gespräche ausschließlich seiner Kollegin zu überlassen. Es war gut möglich, dass dabei Dinge

102

ans Tageslicht kamen, die Antonia nicht problemlos wegstecken würde. So gerne sie auch den Eindruck vermittelte, all dem gewachsen zu sein, erinnerte er sich noch sehr genau an die Stunden, in denen sie bitterlich geweint hatte und er bis auf den Grund ihrer verletzten Seele geschaut hatte.

Bevor sie starteten, erkundigten sie sich erneut bei den Technikern, ob es irgendwelche neuen Erkenntnisse zu den Fotos gab. Das genervte Stöhnen der Beteiligten hinderte die Kommissare nicht daran, die drei Männer zu größerer Eile anzutreiben. Ihr Hinweis, dass es noch keine konkreten Spuren gäbe, steigerte deren Motivation nicht gerade.

„Warum machen wir uns eigentlich die Mühe, wenn ihr selbst nicht in die Pötte kommt?", brummte Lars Hoffmann. Eigentlich kamen sie mit ihm gut klar, aber momentan schienen alle außergewöhnlich gereizt zu sein. Es wurde Zeit, dass sie in dem Fall weiterkamen.

Immerhin waren die Techniker in der Lage gewesen, eine der Bilderserien zeitlich einzuordnen. Die Qualität der Fotos deutete auf ein Programm hin, das erst im letzten Jahr auf den Markt gekommen war.

Ähnlich einem Puzzle rutschte Teilchen für Teilchen an den richtigen Platz und sorgte dafür, dass ein immer größer werdendes Gesamtbild entstand. Diese Bilder mussten aus der Vertretungspraxis in Hannover stammen.

„Das ist wirklich gut, von dort liegen keine Anzeigen vor, jetzt haben wir zumindest einen kleinen Anhaltswert, wonach wir suchen müssen." Nachdenklich betrachtete Magnus die vor ihm liegende Liste der verschiedenen Serien, die jeweils vier bis fünf Jahre auseinander lagen. „Denkst du, das hier ist nur eine zufällige Auswahl? Ich vermute viel eher, dass er zwischendurch immer mal wieder eine längere Pause eingelegt hat, vielleicht hat er dann versucht, gegen seine kranke Neigung anzukämpfen - bis der Druck erneut zu groß wurde ..."

„Wenn deine Vermutung zutrifft, haben wir es mit sieben Frauen und nicht mit einer unendlichen Anzahl an Opfern zu tun." Der Gedanke, der Antonia im nächsten Moment durch den Kopf schoss, war zu gruselig, um ihn laut auszusprechen. Sie verstummte und hoffte, dass Magnus Überlegungen ausnahmsweise mal nicht in die gleiche Richtung verliefen – aber das taten sie natürlich doch.

„Wenn wir hier die Bilder *aller* Opfer haben, bist du eine der Frauen aus München." Magnus stand inzwischen hinter Antonia und hatte ihr die Hände auf die Schultern gelegt. „Ich denke, du musst den Fall abgeben, du bist entschieden zu nahe dran."

„Niemals! Nicht, nachdem wir schon so weit gekommen sind." Antonia dämpfte ihre Stimme, die bei den letzten Worten immer lauter geworden war. „Und wie stellst du dir das überhaupt vor? Meinst du, ich habe Lust, allen zu erklären, warum ich möglicherweise befangen sein könnte? Nein, wir machen es anders: Es ist ohne weiteres möglich, dass wir nicht alle Frauen identifizieren werden, also bleibt eben mindestens eine Unbekannte übrig. Wir wissen ja überhaupt noch nicht, ob wir mit unseren Überlegungen richtigliegen. Ich kann damit leben, du auch?"

Als sie den Kopf drehte, blickte sie in Magnus Augen, die vor Mitgefühl ganz dunkel geworden waren. Mit rauer Stimme entgegnete er: „Der Täter steht mit einem der Opfer in Verbindung und das hat ihn zu der Tat veranlasst – ich denke, darin sind wir uns einig. Was ist, wenn *du* dieses Opfer bist, das irgendjemanden dazu veranlasst hat, Hansen auszuschalten? Das können wir nicht unter den Tisch fallen lassen."

„Was schlägst du also vor?"

„Ich bin erst mal damit einverstanden, weiterzumachen, habe aber eine Bedingung: Keine Alleingänge mehr, du fährst nicht ohne mich nach Lunau und zwischen uns beiden gibt es keinerlei Geheimnisse." Er hielt ihr die Hand hin, um ihre Vereinbarung per Handschlag zu besiegeln.

„Okay, ich denke das ist fair."

Bevor sie Feierabend machten, versuchte Antonia erneut, Theo zu erreichen. Genervt warf sie das Handy auf den Tisch. „So ein Mist, die dämliche Ansage kenne ich allmählich in- und auswendig. Ich rufe jetzt bei Franzi an und fühle ihr ein bisschen auf den Zahn." Sie lehnte sich in ihrem Stuhl zurück und atmete tief durch, es gestaltete sich alles andere als einfach, in diesem Fall voranzukommen.

„Stellst du auf Lautsprecher? Vier Ohren hören mehr als zwei." Magnus neigte fragend den Kopf und sein aufmunterndes Lächeln löschte Antonias letzte Zweifel, ob es richtig gewesen war, ihn ins Vertrauen zu ziehen.

„Hallo Toni, was gibt's denn?" Franziska klang gehetzt, als ob sie gerade in Bewegung war und eigentlich gar keine Lust hatte zu telefonieren.

„Hey, störe ich? Ich habe nur eine kurze Frage: Weißt du, wie ich Theo erreichen kann? Ich habe es schon zwanzig Mal versucht und er ruft nicht zurück. An der Rezeption ist er scheinbar auch nicht."

„Und deshalb rufst du mich an? Ich habe gerade ziemlich viel um die Ohren und weder Zeit noch Lust, Kindermädchen für meinen großen Bruder zu spielen."

Da war er wieder, der aggressive Ton und die abwehrende Haltung, die Antonia am Wochenende so erstaunt hatte. Diesmal würde sie die Freundin nicht so einfach davonkommen lassen. „Tut mir leid, wenn ich dich damit nerve, aber leider habe ich einen Fall zu lösen und es zeichnet sich immer mehr ab, dass Theo etwas damit zu tun haben könnte." Sie wischte sich die schweißnasse Hand an der Jeans ab und zwang sich dazu, tief durchzuatmen, bevor sie fortfuhr. „Sei ehrlich Franzi, hast du Theo irgendwann erzählt, dass ich bei Hansen gewesen bin und was damals vorgefallen ist?"

Das Schweigen am anderen Ende zog sich so sehr in die Länge, dass Antonia bereits befürchtete, das Gespräch sei unterbrochen worden. Hilfesuchend blickte sie ihren Kollegen an, der jedoch nur mit den Achseln zuckte. Als sie gerade auflegen und erneut wählen wollte, hallte Franziskas Stimme so laut aus dem Hörer, dass sie ihn schnell ein Stück vom Ohr weghielt.

„Verdammt noch mal Toni, was willst du eigentlich von mir? Mach deinen Job vernünftig, dann brauchst du keine unschuldigen Menschen zu verdächtigen. Ich habe niemandem davon erzählt und es ist mir echt zu blöd, mich vor dir rechtfertigen zu müssen." Das Besetzzeichen war ein deutliches Signal, dass Franziska das Thema ein- für allemal beenden wollte.

„Hm, das ist ja prima gelaufen." Magnus setzte sich auf Antonias Schreibtischkante und legte beruhigend seine Hand auf ihre Schulter. „Du hast mir gerade erst erzählt, wie sehr du dich über ihre Reaktion am Wochenende gewundert hast und sie normalerweise nicht so aggressiv reagiert. Für mich hört sich das sehr nach einem schlechten Gewissen an. Ich denke, wir sollten so bald wie möglich persönlich mit ihr sprechen und verdammt noch mal herausfinden, wohin dieser Theo abgetaucht ist."

Antonia nickte zustimmend, am nächsten Tag stand allerdings zunächst die Fahrt nach Hannover an, Lunau musste noch etwas warten.

# 11.

„Hast du irgendwas mit deinen Haaren gemacht?" Magnus warf immer wieder einen neugierigen Blick auf seine Beifahrerin, ohne sich deshalb zu sehr vom morgendlichen Berufsverkehr ablenken zu lassen.

Bereits beim Einsteigen war ihm ihr schickes Outfit aufgefallen. Statt der üblichen Jeans trug Antonia heute eine schwarze Stoffhose und Stiefeletten mit halbhohen Absätzen. Die hellbraune Jacke aus weichem Leder hatte er noch nie an ihr gesehen und darunter trug sie tatsächlich eine Bluse! Erstaunlich, wie die Kleidung ihren Typ veränderte, schoss ihm durch den Kopf, wenn ihr klar wäre, wie weiblich sie damit wirkte, hätte sie sich sicherlich gleich im Auto wieder umgezogen. Der Gedanke gefiel ihm so gut, dass ein breites Grinsen über sein Gesicht glitt.

„Was?"

Zumindest ihre Kommunikation war kein bisschen kuschelig-weiblich, feixte er in Gedanken und bemühte sich um einen ernsten Gesichtsausdruck. „Wo sind denn deine Locken?" Er hatte sich noch nicht entschieden, wie ihm die glatten Haare gefielen. Vor allem konnte er sich nicht vorstellen, wann sie seit gestern Abend beim Frisör gewesen sein sollte. Die Farbe wirkte irgendwie auch anders, brauner als normalerweise, das rötliche konnte doch nicht an den Locken gelegen haben?

Eine zarte Röte zog über Antonias Gesicht und sie fragte: „Gefällt es dir so nicht?" Dabei verfluchte sie sich für die Unsicherheit in ihrer Stimme, die ihrem aufmerksamen Kollegen sicherlich nicht entgangen war.

Magnus zuckte beiläufig mit den Schultern. „Keine Ahnung, ich mag deine Locken."

„Die kommen auch ganz schnell wieder, das verspreche ich dir. So wie jetzt sehen sie nur aus, wenn ich sie stundenlang mit einem Glätteisen bearbeitet habe und das Ergebnis hält nie lange an. Ein paar Regentropfen reichen vollkommen, um bereits alles wieder zunichte zu machen." Den Blick würdevoll nach vorn gerichtet, ergänzte sie: „Ich wollte mal was anderes ausprobieren."

Magnus prustete. „Klar, und der Zeitpunkt könnte dafür nicht geeigneter sein. Ich hatte mal einen Kollegen, der hat immer behauptet, Frauen ändern ihre Frisur nur dann, wenn sie einen Neuen am Start haben. In deinem Fall nehme ich allerdings an, dass der Grund ein anderer ist. Oder gibt es doch jemanden?"

Antonia streckte Magnus wenig damenhaft die Zunge raus. „Mach dir mal keine Sorgen, wenn es so weit ist, erfährst du es als Allererster." Nach einer kurzen Pause gab sie leise zu: „Ich wollte möglichst nicht auf den ersten Blick so aussehen, wie die Frauen, nach denen wir suchen. Findest du das albern?"

Tröstend legte er seine Hand auf ihr Knie und drückte es aufmunternd, „Nein, du siehst sehr gut aus und etwas damenhafter ist sicherlich bei den anstehenden Gesprächen nicht von Nachteil. Den Prolo kann ich ja spielen."

Nachdem sie nach wie vor keinen Erfolg damit gehabt hatten, Theo ans Telefon zu bekommen, hatten die beiden Kommissare beschlossen, gemeinsam nach Lunau zu fahren und die Geschwister persönlich zu befragen. Zunächst waren sie jedoch auf dem Weg nach Hannover, um die Praxis aufzusuchen, in der Hansen bis vor wenigen Monaten gearbeitet hatte. Die entsprechende Serie auf dem Stick zeigte zwei verschiedene Frauen, polizeilich lagen keinerlei Anzeigen aus den letzten Monaten vor.

„Wenn die Bilder aus diesem oder letztem Jahr stammen, sind die Frauen höchstwahrscheinlich immer noch minderjährig. Das ist vielleicht auch der Grund dafür, dass bisher keine Anzeige erstattet wurde. Es wird sicherlich nicht einfach, da etwas rauszubekommen."

„Wenn der Praxisinhaber mauert, haben wir keine Chance. Bis wir die offizielle Genehmigung auf Akteneinsicht haben, ist der längst in Rente." Magnus hatte recherchiert, dass Dr. Moritz Herbig bis vor einem Vierteljahr achtzehn Monate Elternzeit genommen hatte, während Richard Hansen seine Praxis übernahm. Herbig stand noch am Anfang seiner Karriere und solch ein Skandal konnte dazu führen, dass sie schneller beendet war, als sie begonnen hatte.

„Ich könnte mir eher vorstellen, dass ein älterer Arzt versuchen würde, alles zu vertuschen", überlegte Antonia. „Vielleicht hat Herbig noch genügend Idealismus, um die Wahrheit ans Licht bringen zu wollen."

„Und selbst wenn nicht, gibt es ja auch noch Sprechstundenhilfen, die vielleicht bereit sind, mit uns zu reden", ergänzte Magnus. „Die Fälle liegen noch nicht lange zurück, in München wird es schwieriger werden, Personal aus der betreffenden Zeit ausfindig zu machen."

110

„Tja, deshalb ist es ja auch so fraglich, ob wir wirklich alle Frauen identifizieren werden ...", antwortete Antonia mit einem zufriedenen Grinsen.

Die Praxis lag am Stadtrand von Hannover in einem reinen Wohngebiet. Vielleicht wohnte Dr. Herbig selbst in unmittelbarer Nähe oder hatte die Praxis von jemandem übernommen, der dort lebte. Nachdem sie den Wagen ordnungsgemäß auf einem der Patientenparkplätze abgestellt hatten, betraten sie die Praxis.

Den lichtdurchfluteten Eingangsbereich dominierte ein asymmetrischer strahlend weißer Empfangstresen, an den raumhohen Fenstern standen oder hingen zahlreiche Grünpflanzen. Die Wände waren in unterschiedlichen Pastelltönen gestrichen und obwohl Antonia weder der flieder- noch der zartrosafarbene Anstrich zusagte, konnte sie die beruhigende Wirkung der Farben nicht leugnen.

Vom Eingangsbereich zweigten mehrere Gänge ab, die sich farblich voneinander unterschieden.

Die Mitarbeiterinnen, die sie sahen waren allesamt jung, hübsch und ausgesprochen freundlich – und alle trugen Oberteile in kräftigem Lila zu weißen Hosen und bequemen Birkenstock.

Die Kommissare hatten sich bewusst nicht angemeldet und ihr Besuch sorgte zunächst für leichte Verwirrung, bis eine etwas ältere Angestellte die Angelegenheit in die professionelle Hand nahm.

„Entschuldigen Sie bitte, dass Sie warten mussten, aber wir haben nicht mit Ihrem Besuch gerechnet. Wenn Sie mir bitte folgen möchten, ich bringe Sie in eines unserer Sprechzimmer, Dr. Herbig wird gleich für Sie da sein." Während sie den

Kommissaren voranging, wies sie eine Kollegin an, die wartenden Patientinnen auf mögliche Wartezeiten vorzubereiten. „Wenn Sie so einen weiten Weg auf sich nehmen, wird das Gespräch sicherlich länger als fünf Minuten dauern", sagte sie freundlich lächelnd und schien keinerlei Bestätigung auf ihre Äußerung zu erwarten. „Bitte gedulden Sie sich nur noch einen Moment. Dr. Herbig ist gerade in einer Behandlung, aber er weiß Bescheid, dass Sie da sind."

Als sich die Tür hinter ihr geschlossen hatte, stieß Magnus einen bewundernden Pfiff aus. „Junge, Junge, die Lady würde als Sekretärin bei jedem Vorstandschef glänzen. Wie schafft man es, als Arzthelferin so professionell zu sein?"

„Keine Ahnung, manche haben vielleicht ein angeborenes Talent dafür, aber in solch einer Praxis fühlen sich die Frauen sicher gut aufgehoben. Mal sehen, wie der Hahn im Korb ist, ob er auch ein lila Oberteil trägt?"

Davon konnten sich beide einen Moment später überzeugen, als Dr. Moritz Herbig durch die Tür kam und sie mit einem breiten Lächeln begrüßte. Er war vielleicht Ende Dreißig und das enge Hemd in einem satten Lilaton ließ keine Zweifel daran, dass er von einem Bierbauch und Speckhüften meilenweit entfernt war.

Nachdem er sie gebeten hatte, Platz zu nehmen, wurde sein Gesicht ernst. „Ich weiß nicht, was Sie zu mir führt, aber da Sie von der Mordkommission sind, ist der Anlass sicherlich unerfreulich. Bevor ich mir noch größere Sorgen mache, sagen Sie mir bitte, ob jemand aus meiner Familie ..."

Antonia schüttelte beruhigend den Kopf. „Nein, keine Sorge, das hätte uns auch nicht aus München hierhergeführt. Bevor wir zum eigentlichen Grund unseres Besuchs kommen, erlauben Sie mir bitte eine Frage." Sie zeigte auf sein Hemd. „Ich habe gesehen, dass die Oberteile aller Angestellten farblich aufeinander abgestimmt sind. Nur aus Neugierde, gefällt Lila Ihnen und allen Mitarbeiterinnen so gut, dass sie es täglich tragen wollen, oder haben sie keine andere Wahl?"

Der Arzt lachte herzlich und machte sich dadurch bei den Kommissaren noch sympathischer. „Gott bewahre, niemand könnte das täglich aushalten! Wir hatten hier vor ein paar Jahren eine Stilberatung, die nicht nur die Praxisräume, sondern auch uns alle einbezogen hat. Wir haben dann gemeinsam fünf Farben festgelegt, für jeden Wochentag eine. Also laufen wir nur am Mittwoch so rum und da das immer nur ein halber Arbeitstag ist, tut es nicht so weh. Außerdem steht immer Weiß als Alternative zur Verfügung."

Magnus warf Antonia einen kurzen Blick zu, bevor er einwarf: „Wechseln Sie auch mal ab, oder haben die Wochentage immer die gleichen Farben?"

Irritiert runzelte Dr. Herbig die Stirn, bevor er antwortete. „Ich weiß zwar nicht, warum das wichtig ist, aber um Ihre Frage zu beantworten: Der Montag ist immer Türkis, der Dienstag Bordeaux, Mittwoch Lila, Donnerstag Blau und Freitag Grün. Vielleicht sollten wir aber jetzt zum Anlass Ihres Besuchs kommen, Sie haben sicherlich gesehen, wie voll mein Wartezimmer ist."

„Sie werden gleich erkennen, dass diese Fragen bereits mit dem Anlass unseres Besuchs zu tun haben", beschwichtigte Antonia. „Kommen wir zu Ihren Patientinnen, vergeben Sie Termine nach

Indikationen oder gibt es irgendwelche anderen Kriterien? Vielleicht das Alter der Frauen?"

„Im Prinzip vergeben wir die Termine nach Bedarf, wobei wir schon darauf achten, dass eine Frau, die kürzlich eine Fehlgeburt hatte, im Wartezimmer nicht unbedingt mit einer Hochschwangeren zusammentrifft. Bei Notfällen lässt sich das natürlich nicht immer vermeiden, aber wir haben mehrere Wartebereiche und versuchen, unseren Patientinnen größtmögliche Diskretion und Komfort zu bieten. Hat sich jemand über mich beschwert?"

„Nein, nein, machen Sie sich bitte keine Sorgen", beruhigte Antonia ihn schnell. „Sie waren bis vor wenigen Monaten in Elternzeit und haben Ihre Praxis währenddessen einem Kollegen übergeben?"

„Ja, Dr. Hansen, ich hoffe, es geht ihm gut?"

„Nicht wirklich, er ist vor ein paar Tagen verstorben und momentan deutet alles darauf hin, dass jemand dabei nachgeholfen hat", ließ Magnus endlich die Katze aus dem Sack.

Dr. Herbig ließ sich in seinem Stuhl zurücksinken und fuhr sich mit der Hand über sein sorgfältig frisiertes dunkelblondes Haar. Der Schreck war ihm deutlich anzusehen, sollte er bereits davon gewusst haben, stünde einer zweiten Karriere als Schauspieler nichts im Wege, schoss Antonia durch den Kopf.

„Warum sind Sie hier? Sie denken doch hoffentlich nicht, dass *ich* irgendetwas damit zu tun habe?" Der Arzt ließ seinen Blick, der um Erlösung bettelte, zwischen den beiden Kommissaren hin- und herwandern.

„Sie stehen in keinerlei Verdacht, auch wenn wir Sie natürlich fragen müssen, wo Sie vergangene

114

Woche in der Nacht von Mittwoch auf Donnerstag gewesen sind. Deshalb sind wir aber nicht gekommen." Antonia machte eine kurze Pause und überlegte. Im Grunde genommen blieb ihr keine andere Möglichkeit, als schonungslos ehrlich zu sein. Nur so hätten sie eine Chance, die gewünschten Informationen zu bekommen.

„Im Rahmen unserer Ermittlungen sind wir auf Fotos gestoßen, die eindeutig beweisen, dass sich Dr. Hansen seinen Patientinnen gegenüber nicht immer korrekt verhalten hat – mit anderen Worten: Wir gehen derzeit davon aus, dass er sie kurzfristig betäubt und dann während der Untersuchung sexuell missbraucht hat."

Alle Farbe war aus Herbigs Gesicht gewichen und er wirkte schlagartig mindestens zehn Jahre älter. Mit einem entschuldigenden Blick griff er zum Telefon. „Marion, versuch bitte noch anstehende Termine nach Möglichkeit auf morgen zu verschieben." Er hielt kurz den Hörer zu und fragte, ob er die Helferinnen, falls das gelang, auch nach Hause schicken dürfe.

„Es wäre besser, wenn sie noch hierblieben, vielleicht haben wir auch an die eine oder andere noch Fragen", erklärte Antonia.

„Bleibt ihr alle bitte noch in der Praxis, ich erkläre euch nachher alles." Ohne die aufgeregten Fragen der Helferin abzuwarten, legte er auf und atmete tief durch. „Wie kann ich Ihnen helfen? Gehen Sie davon aus, dass es auch während seiner Tätigkeit in meiner Praxis zu solchen Übergriffen gekommen ist? Ansonsten wären Sie wohl kaum hier, oder?"

„Uns liegen Fotos aus vier verschiedenen Praxen vor und bei einer Serie sind wir ziemlich sicher, dass sie von hier stammt", antwortete Magnus bedauernd. „Wir haben bereits überprüft, dass keine Anzeigen erstattet wurden, wir müssen aber dringend die betroffenen Frauen identifizieren und das schaffen wir nicht ohne Ihre Hilfe."

„Und ihre außergewöhnliche Praxisorganisation könnte uns diese Arbeit erleichtern", ergänzte Antonia mit einem leichten Lächeln. „Wenn wir mal davon ausgehen, dass sich auch Hansen daran gehalten hat, sind die Fotos an einem Freitag entstanden. Er trägt jeweils ein grünes Hemd."

„Wir wissen, dass Sie uns nicht ohne weiteres die Patientenakten zur Verfügung stellen werden und die würden uns auch nicht viel nützen. Sicherlich sind in den betreffenden Monaten Hunderte Patientinnen an einem Freitag behandelt worden?" Magnus versuchte abzuschätzen, wie viele Frauen an einem normalen Behandlungstag die Praxis aufsuchten.

„Das kann schon ungefähr hinkommen", nickte Herbig. „Wenn Sie Hansen erkannt haben, haben Sie dann nicht auch die Gesichter der Frauen gesehen?"

„Leider nein und Hansen haben wir auch nur an einem auffälligen Leberfleck identifiziert. Es sind keine Personen erkennbar, aber wir gehen inzwischen davon aus, dass er sich einem ganz bestimmten Frauentyp genähert hat. Jung – das heißt deutlich unter achtzehn, rötliches bis rotbraunes gelocktes Haar, helle Haut ... Fällt Ihnen spontan jemand ein, auf den diese Beschreibung passen könnte?"

„Da muss ich erst mal überlegen. Ich habe die genauen Zahlen nicht im Kopf, aber bei durchschnittlich Vierzig am Tag und Tausend Scheinen im Quartal kommt eine ganze Menge an

116

Kontakten zusammen. Manche Patientinnen kommen regelmäßig, an die erinnere ich mich natürlich problemlos, andere haben aber nur einen Rezeptwunsch, dann wird es schwieriger, sich an jedes Gesicht zu erinnern. Außerdem könnte es ja auch sein, dass sie damals zum ersten Mal gekommen ist und danach den Arzt gewechselt hat. In dem Fall müssten meine Mädchen mir helfen. Ich kann gerne meine Patientenakten durchsehen, ich weiß ja nun, wonach ich suchen muss. Fragt sich nur, ob ich Ihnen ohne weiteres die Namen weitergeben kann – oder will." Herwig schüttelte den Kopf und machte damit die Grenzen seiner Unterstützung deutlich.

Damit hatten die Kommissare bereits gerechnet und sich einen entsprechenden Alternativplan zurechtgelegt. „Was halten Sie von folgendem Vorschlag: Sie prüfen die Patientendatei im entsprechenden Zeitraum nach den Kriterien, die wir eben besprochen haben. Wir gehen davon aus, dass es nur eine Handvoll Frauen geben wird, bei denen alles passt, vielleicht sogar nur eine oder zwei. Mit den Mädchen und ihren Eltern machen Sie Termine und sprechen zunächst alleine mit Ihnen. Wenn das erledigt ist, werden wir sehen, ob es überhaupt noch erforderlich ist, dass wir uns einschalten." Antonia hoffte von ganzem Herzen, dass er sich damit einverstanden erklärte, alles andere würde ihre Arbeit unendlich verzögern.

„Ich möchte jetzt keine Entscheidung dazu treffen, lassen Sie mich eine Nacht darüber schlafen." Dr. Herbig hob beschwichtigend die Hände, „ich weiß, wie eilig die Sache ist, aber ein bisschen Zeit brauche ich. Ich verspreche Ihnen, dass ich mich morgen Vormittag melden werde und die Durchsicht der Akten werden meine Mädchen und ich heute noch vornehmen." Er erhob sich und zeigte damit deutlich, dass das Gespräch zunächst beendet war.

„Vielen Dank, mehr Unterstützung können wir uns nicht wünschen. Wir erwarten Ihren Anruf und sprechen uns hoffentlich in den nächsten Tagen wieder." Beide Kommissare schüttelten Dr. Herbig die Hand und waren beim Verlassen der Praxis froh darüber, die fassungslosen Helferinnen ihrem Chef überlassen zu können.

# 12.

„Was für ein Tag", stöhnte Antonia, während sie den Wagen in die kleine Parklücke manövrierte, die direkt vor ihrer Haustür frei war. Bei ihrem Anblick hatte sie sich spontan dagegen entschieden, direkt auf der Straße anzuhalten, um Magnus den Fahrersitz zu überlassen – dieser Parkplatz war solch ein Wunder, dass sie es als ein Zeichen von oben betrachtete, welches nicht ungeachtet verschenkt werden durfte.

Magnus fragenden Blick beantwortete sie mit einem verlegenen Lächeln. „Magst du noch mit rauf kommen?" Der schüchterne Ausdruck ihrer grünen Augen war so liebenswert, dass er sie am liebsten sofort in den Arm genommen hätte. Stattdessen lächelte er bestätigend und beeilte sich, ihr zur Haustür zu folgen, bevor sie es sich doch noch anders überlegte.

In ihrer Wohnung wandte sich Antonia zunächst zu ihrem Tresor, um Waffe und Marke dort einzuschließen. „Hast du noch Platz für meine, ich würde gerne ein bisschen bleiben?" Sie zuckte zusammen, als Magnus so unvermittelt hinter ihr auftauchte und als sie sich zu ihm umdrehte, konnte er sich nicht länger beherrschen. Er zog sie an sich und seine Lippen senkten sich auf ihren Mund.

Der kurze Weg ins Schlafzimmer zog sich in die Länge, da sie immer wieder stehenblieben und die ausgetauschten Zärtlichkeiten wurden immer leidenschaftlicher.

Magnus hatte Antonias Bluse aufgeknöpft und irgendwo unterwegs fallen lassen, ebenso erging es ihrem BH, seiner Lederjacke und dem darunterliegenden Shirt. Mit dem Öffnen ihrer Hose beschäftigt, suchte er fragend ihren Blick. „Das kommt jetzt ein bisschen überraschend ...", murmelte er, während er versuchte, den kleinen Knopf mit einer Hand durch die Lasche zu fädeln.

„Möchtest du doch lieber wieder gehen?" Antonia war ihrerseits bereits einen Schritt weiter und tauchte mit ihrer Hand langsam in die engen Jeans ihres Kollegen.

Ob der tiefe Seufzer an ihrer Berührung oder der Frage lag, konnte sie nicht ermessen und zögerte einen Moment.

„Nein, mach bitte weiter", stöhnte Magnus. „Ich habe ganz bestimmt nicht vor, in absehbarer Zeit zu verschwinden." Er küsste sie liebevoll auf beide Augenlider, bevor er fortfuhr: „Ich wollte damit nur sagen, dass ich nicht darauf vorbereitet war und deshalb nichts dabeihabe."

„Schon gut, um Verhütung musst du dir keine Sorgen machen, oder geht es um was anderes?" Antonia überlegte, ob er möglicherweise eine Ansteckungsgefahr bei ihr befürchtete, auf der anderen Seite freute sie sich aber auch über sein Verantwortungsgefühl.

„Genau darum geht es mir", Magnus schob erleichtert den Gedanken beiseite, nun doch wieder aufhören zu müssen.

Sie ergänzten sich wie zwei Teile eines Puzzles und passten sich harmonisch den Bewegungen des Partners an. In Antonias Augen zeigte Magnus genau das richtige Mittelmaß zwischen Leidenschaft und Zärtlichkeit. Es blieb kein Raum für Peinlichkeit oder Unbehagen und Antonia genoss ihr Zusammensein in vollen Zügen.

Sie war ganz sicher nicht schutzbedürftig und verletzlich, stellte Magnus fest, als er sie endlich in seinen Armen hielt. Trotzdem näherte er sich ihr vorsichtig und gab sich Mühe, sein Tempo zu drosseln. So gelang es ihm, sie mitzunehmen, als er von der Klippe stürzte und beide ergaben sich ihrer Leidenschaft.

Erst geraume Zeit später nahmen sie sich die Zeit, miteinander zu sprechen. Antonia zeichnete liebevoll mit dem Finger seine Tattoos nach. Endlich bot sich ihr die Gelegenheit, alles ganz genau zu betrachten. Fast den gesamten Oberkörper bedeckte ein Tacho und das darunterliegende Motorrad war eine *Harley Davidson Road King*, wie Magnus ihr erklärte. Auch sein Rücken war tätowiert, aber sie hatte sich noch nicht die Zeit genommen, diese Bilder genauer in Augenschein zu nehmen.

„Hat das nicht fürchterlich wehgetan?"

„Wer schön sein will, muss eben leiden, oder gefällt es dir nicht?" Liebevoll zog er an einer Strähne ihrer rotbraunen Haare, die sich beim Loslassen bereits wieder in sanfte Wellen legte.

Grinsend zuckte sie die Schultern. „Naja, hat schon was ... allerdings ist es mir immer noch ein Rätsel, wie du es damit in den Polizeidienst geschafft hast."

„Das ist eine Geschichte für ein andermal", brummelte Magnus und setzte hinzu: „Deine Wohnung gefällt mir."

Erstaunt über den plötzlichen Themenwechsel antwortete Antonia: „Und deshalb hast du auch beim letzten Mal meine Küche ins Lächerliche gezogen? Ich fand deinen gehässigen Spott sehr verletzend." Das Grinsen in ihrem Gesicht strafte ihre letzten Worte Lügen, aber ganz gleichgültig waren ihr seine Äußerungen dennoch nicht gewesen.

Da ihr Kopf auf seiner Brust lag, übertrug sich sein unterdrücktes Lachen direkt aus seinem Inneren auf sie. „Frau Kommissarin, Sie sollten doch in der Lage sein, gehässigen Spott von liebevoller Frotzelei zu unterscheiden? Aber im Ernst, die Wohnung gefällt mir deshalb, weil du in jedem einzelnen Stück präsent bist. Nichts ist vorhanden, weil es eben gerade da war – wenn du verstehst, was ich meine? Alles spiegelt irgendetwas von dir wider."

Er verstummte und ließ seinen Blick durchs Schlafzimmer wandern. Der Raum war nicht groß und den meisten Platz nahm das 1,40 m breite Bett ein. Den weißen Messingrahmen überdeckte ein heller Baldachin aus durchscheinendem Stoff, dessen Seitenteile an den vier Pfosten zusammengebunden waren und damit für Behaglichkeit sorgten.

Der Schrank war ebenso schlicht weiß wie die Nachttischchen und der einzige Farbtupfer war der mitternachtsblaue Ohrensessel, der in einer Ecke stand.

An einer Wand lehnte ein großer Spiegel mit kunstvoll gearbeitetem Messingrahmen und auf der Kommode lagen einige aufeinander abgestimmte Accessoires.

Vielleicht hatte die heutige Einladung dazu geführt, so sorgfältig aufzuräumen, überlegte Magnus, kam aber schnell zu dem Ergebnis, dass es so sicherlich immer aussah, wenn Antonia die Zeit dazu fand, Ordnung zu schaffen.

Seine Betrachtungen hielten ihn nicht davon ab, seine Hände über ihren Körpern wandern zu lassen und bevor sie sich restlos in seinen Berührungen verlor, sagte Antonia: „Dir ist schon klar, dass wir gerade ein Tabu gebrochen haben? Wollen wir darüber nachdenken, was das für Folgen haben wird? Ich habe keine Ahnung, wie genau die Vorschriften lauten, die wir irgendwann mal unterschrieben haben."

„Wir werden ganz sicher darüber nachdenken aber definitiv nicht jetzt."

„Vielleicht sollten wir mal mit Laura sprechen? Sie weiß mit Sicherheit, wer schon mal in ähnlicher Situation war und wie es für die beiden ausgegangen ist."

Fassungslos richtete Magnus sich auf und blickte Antonia an. „Du hast wirklich Talent, meine Bemühungen zu durchkreuzen, aber wenn ich darüber nachdenke ..."

„Auf keinen Fall", beeilte sich Antonia zu widersprechen. „So sehr ich auch von mir – okay, von uns beiden – überzeugt bin, weiß ich dennoch, dass keiner von uns Laura gewachsen wäre. Sie hätte uns durchschaut, bevor wir den zweiten Satz überhaupt beendet hätten und es wäre ihr ein unbeschreiblicher Genuss, damit hausieren zu gehen. Nein, ich denke, wir lassen es erst mal dabei und ..."

„... haben bis dahin wilden und hemmungslosen Sex hinter verschlossenen Türen, sooft es uns möglich ist", beendete Magnus ihre Überlegungen und quittierte ihr Stirnrunzeln mit einem Grinsen. „Natürlich *ohne* unsere Arbeit *und* die Körperpflege *und* Nahrungsaufnahme zu vernachlässigen. Kannst du damit leben?"

Kichernd schmiegte sich Antonia enger an seinen muskulösen Körper. „Das kann ich ... bis auf Weiteres. Ich denke, wir sollten eine Baustelle nach der anderen angehen, lösen wir erst mal unseren Fall, dann sehen wir weiter. Und wo wir gerade bei *Vernachlässigungen* sind: Ich brauche jetzt definitiv ein paar Stunden Schlaf. Du hast zwei Möglichkeiten: Entweder störst du mich nicht dabei – dann darfst du gerne hierbleiben, oder du hüllst deinen erotischen Body wieder in deine nicht ganz so ansehnlichen Klamotten und begibst dich nach Hause. Deine Entscheidung." Bei ihren Worten gähnte sie herzhaft und erinnerte Magnus daran, dass es auch für ihn längst Schlafenszeit war, wenn er am nächsten Morgen halbwegs fit sein wollte.

„Dann wähle ich doch die Variante A und lade mich gleich noch zum Frühstück ein."

„Hoffentlich schnarchst du nicht", nuschelte Antonia, während ihr bereits die Augen zufielen.

Sie konnte unmöglich bereits lange genug geschlafen haben, warum konnte das blöde Vieh sie nicht einfach in Ruhe lassen? Antonia wischte genervt mit der Hand über ihr Gesicht und versuchte, die Fliege zu verscheuchen, die sie permanent kitzelte. Dem Gedanken, dass ihre Fliegengitter eigentlich verhinderten, dass so etwas passierte, gelang es längst noch nicht, ihr benebeltes Gehirn zu durchdringen. Mit einem genervten Knurren strich sie sich erneut über die Wange. Jetzt begann der Störenfried auch noch zu brummen ...

Im nächsten Moment riss Antonia die Augen auf und blickte in Magnus strahlend blaue Augen, die hellwach und funkelnd vor Übermut auf sie runtersahen. In der Hand hielt er eine Strähne ihrer Haare, mit der er sie bereits geraume Zeit gekitzelt hatte.

„Guten Morgen Schönheit, Zeit zum Aufstehen. Darf ich dir eine Tasse Kaffee ans Bett bringen?" Er strahlte wie ein beleuchteter Weihnachtsbaum und Antonia verkniff sich nur mit Mühe die Frage, wie man am frühen Morgen bereits so gut gelaunt sein konnte. Als ihr Blick klarer wurde, erkannte sie, dass er bereits halbwegs angezogen war und die nassen Haare deuteten darauf hin, dass er sogar schon geduscht hatte. Er schien ihren prüfenden Blick falsch zu deuten und fragte verunsichert: „Ich hoffe, es war okay, dass ich dein Bad benutzt habe und mir einfach ein Handtuch aus dem Schrank genommen hab?"

Antonia richtete sich auf und nippte dankbar an dem Kaffee, den Magnus ihr reichte. „Hm, genau richtig ... natürlich ist das okay, du solltest dich allerdings lieber fragen, ob es okay ist, dass du mich so früh weckst. Wie spät ist es eigentlich?"

„Viertel nach Sieben und wenn wir nicht zu spät kommen wollen – und das würde irgendwie ziemlich blöd aussehen, finde ich – müssen wir in einer halben Stunde los. Ich habe Brötchen geholt und den Tisch gedeckt, wenn du jetzt aufstehst, können wir noch schnell frühstücken."

„Bist du immer so, oder nur ganz am Anfang, um ordentlich Eindruck zu machen?", nuschelte Antonia, während sie bereits auf dem Weg ins Bad war.

Achselzuckend antwortete Magnus der geschlossenen Tür: „Finde es doch heraus".

Als sie zehn Minuten später am Frühstückstisch saßen, griff Antonia nach Magnus Hand. „Danke für das schöne Frühstück ... und die noch schönere Nacht. Ich bin morgens noch nicht so aufmerksam, wie du es vielleicht verdient hast ..." Sie gähnte so herzhaft, dass ihr die letzten Worte im Hals stecken blieben.

Lachend zog Magnus ihre Hand an seinen Mund und gab ihr einen Kuss. „Dafür warst du gestern Nacht umso aufmerksamer, das gleicht die Sache mehr als aus. Du brauchst dich für nichts bedanken, schon gar nicht für ein paar Brötchen." Mit einem nachdenklichen Blick sprach er weiter: „Wenn du mir hingegen wirklich danken möchtest, dann für meine außergewöhnlichen sexuellen Fähigkeiten, das damit verbundene unglaubliche Durchhaltevermögen, die unbeschreibliche Selbstlosigkeit, die ich letzte Nacht gezeigt habe ... und ..."

„Klasse, kannst du mir mal verraten, wie wir den Tag überstehen sollen, ohne dass uns wirklich *jeder* ansieht, womit wir die Nacht verbracht haben?" Antonia konnte sich vor Lachen kaum halten. „Ich brauch dich nur anzusehen und muss sofort an einen außergewöhnlichen, unglaublichen, unbeschreiblichen ..."

„*Sexprotz* denken?", hoffnungsvoll zog Magnus eine Augenbraue hoch.

„... Zuchthengst, wollte ich eigentlich sagen", kicherte Antonia, während sie sich beeilte, das Geschirr in die Spüle zu stellen. „Wir fahren in fünf Minuten und sieh zu, dass das zufriedene Grinsen verschwunden ist, bevor wir im Revier ankommen."

Als Antonia im Bad vor dem Spiegel stand, musterte sie erstaunt ihr Spiegelbild. Ihre Augen hatten einen Glanz, den sie schon sehr lange nicht mehr wahrgenommen hatte. *Vorsicht, steigere dich nicht in etwas hinein, was noch gar nicht begonnen hat*, warnte sie sich. Aber es gelang ihr nicht, die ganze Sache nüchtern zu betrachten. Sie hatte Magnus sehr gern und genoss die Zeit, die sie mit ihm verbrachte – das war nicht neu, aber die letzte Nacht hatte alles auf eine deutlich höhere Stufe gehoben. *Sei es drum*, beendete sie ihre Überlegungen, *entweder es klappt oder ich muss sehen, wie ich damit klarkomme*.

Eigentlich sollte sie ihre Haare glätten, wenn sie heute noch in die Münchner Praxis wollten. Auf der anderen Seite erschien es ihr nicht besonders klug, wenn sie im Revier und bei Franziska mit neuer Frisur auftauchte. Die Freundin würde sie sofort durchschauen und da das Verhältnis zurzeit sowieso angespannt war, war das keine gute Idee.

„Ich muss nachher noch mal nach Hause, bevor wir in die Praxis fahren", teilte sie Magnus mit, während sie die Tür hinter sich zuzog.

„Kein Problem, du kannst ja etwas eher starten und ich hole dich dann hier ab." Er warf ihr einen kurzen Blick zu, „wenn du dein Styling vollendet hast."

„Ich hasse es, so durchschaubar zu sein", brummte Antonia.

„Sieh es doch positiv, ich habe nur in die gleiche Richtung gedacht wie du", grinste ihr Kollege. „Ich würde mir nie anmaßen, zu behaupten, Frauen jemals tatsächlich zu durchschauen."

# 13.

Ohne viele Worte darüber zu verlieren, beschlossen sie, zunächst einmal weiterzumachen wie bisher. Ob die Kollegen – und insbesondere Laura – durchschauen würden, wie nahe sie sich inzwischen standen, blieb abzuwarten. Da sie ohnehin ein vertrautes Verhältnis zueinander hatten, hofften beide, nicht unmittelbar zum Mittelpunkt von Büroklatsch und -tratsch zu werden.

„Die DNA-Ergebnisse liegen vor", Magnus öffnete die entsprechende Datei und überflog den Inhalt. „Die Proben stammen von einem Mann, aber nicht von Hansen selbst. Im Computer gab es keinen Treffer, er ist also bisher nicht auffällig geworden, damit ist zumindest Beate raus ..."

„Also sind wir eine Verdächtige los", seufzte Antonia. „Ich denke, wir können die Hansens nicht länger festhalten, aber komplett entlastet sind sie deshalb noch nicht ..."

„Wie auch immer, das ändert nichts an unserem Plan, zunächst in Lunau weiterzusuchen. Ich denke, wir sollten los, wenn wir heute Nachmittag noch in der Praxis vorbeiwollen – und du vorher noch eine Schönheitsbehandlung brauchst." Grinsend machte er sich schnellstens aus dem Staub, bevor sie ihm etwas an den Kopf schmeißen konnte.

Kurz nachdem sie das Ortsschild in Lunau passiert hatten, sagte Antonia: „Fahr mal die nächste rechts rein", dabei verrenkte sie sich den Hals und versuchte, irgendetwas am Straßenrand im Auge zu behalten.

„Was hast du denn gesehen?" Magnus setzte den Blinker und befolgte die Anweisung seiner Kollegin, bevor er den Wagen am Straßenrand ausrollen ließ. „Ich glaube, ich habe Theo eben gesehen", erklärte sie. „Er kam aus *Traumtrachten* und hat sich schnell wieder umgedreht, als er unser Auto erkannt hat. Ich frage mich, was das alles soll." Nachdenklich kaute sie auf ihrer Unterlippe. „Du kennst Theo doch noch nicht, richtig? Dann solltest du dort mal reinspazieren und Augen und Ohren aufhalten. Ich fahre schon mal in die Pension und besorge die Namen der anderen Gäste."

Nach einem Blick auf seinen skeptischen Gesichtsausdruck konnte sie ihr Lachen nicht länger unterdrücken. „Zu schade, dass ich nicht mitbekomme, wie du dein Interesse an Trachtenmode rechtfertigen wirst." Ihre Miene wurde ernster. „Ich verspreche dir auch, dass ich auf dich warte, bevor ich mit Franziska rede."

Magnus blickte dem Wagen bedauernd nach und machte sich auf den Weg in die Boutique, die er freiwillig niemals betreten hätte.

Der silberhelle Klang einer Glocke übertönte bei seinem Eintreten einen Moment lang die Blaskapelle, die aus den Lautsprechern im Hintergrund leise bayerische Volksmusik spielte. Dem eingefleischten Hardrock Fan rollten sich bei diesen Klängen die Fußnägel auf und er fragte sich unwillkürlich, wie lange sich diese Folter aushalten ließ.

Die Boutique, deren Wände Regale bedeckten, war erstaunlich weiträumig. Auf der linken Seite befanden sich die Damenmoden, wie der Kommissar mit einem schnellen Blick feststellte. Die farbenfrohen Dirndl, die sich auf einer langen

129

Stange aneinanderreihten, waren so bunt, dass er bei ihrem Anblick Kopfschmerzen bekam. Drumherum waren diverse Fächer mit irgendwelchen Accessoires gefüllt – deren Nutzung ihm sowohl rätselhaft, als auch vollkommen gleichgültig war.

Er hatte dieser Mode noch nie etwas abgewinnen können – welche moderne Frau trug schon Schürzen? - und er wandte sich zur anderen Seite, auf der die Herren ihren Bedarf an Trachtenmode befriedigen konnten. Auf dem Weg dorthin schlängelte er sich an mehreren Schaufensterpuppen vorbei, die paarweise gruppiert komplette Outfits ausstellten. Die Vorstellung, in kariertem Hemd und kurzen Lederhosen unterwegs zu sein, jagte Magnus einen Schauer über den Rücken.

Seine Abneigung gegen die weibliche Version löste sich allerdings augenblicklich in Luft auf, als er die Besitzerin der Boutique erblickte.

Marcella Rodrigez trug ein dunkelblaues Dirndl, zu dem Bluse und Schürze in zartem Gelb einen interessanten Kontrast bildeten, ohne dabei von ihrer außerordentlichen Oberweite störend abzulenken. Wenn sie das Geschäft selbst aufgebaut hatte, konnte sie nicht mehr ganz so jung sein, wie sie aussah, schoss es Magnus durch den Kopf, während er vergeblich versuchte, seine Bewunderung zu verbergen.

Sie sah wirklich umwerfend aus. Ihre seidig glänzenden schwarzen Haare waren zu einem aufwendigen französischen Zopf geflochten, der weit über den Rücken reichte und bei jeder Bewegung sanft hin- und herschwang. Die strenge

Frisur betonte ihren makellosen Teint, dessen Farbe an gebrannte Mandeln erinnerte. Aus rehbraunen großen Augen blickte sie den Kommissar freundlich an und erkundigte sich nach seinen Wünschen. Sollte sie erstaunt darüber sein, dass er sich hierher verirrt hatte, ließ sie es sich zumindest nicht anmerken.

Ihre Worte zauberten ein breites Lächeln auf Magnus Gesicht, aussehen mochte sie wie eine feurige Spanierin, aber ihre Sprache stand in keinerlei Widerspruch zu ihrer Kleidung. Sie musste hier aufgewachsen sein, ansonsten hätte sie den breiten Dialekt niemals so perfekt sprechen können. „Guten Tag, ich wollte mich nur mal umsehen. Ich suche ein Geburtstagsgeschenk für meinen alten Herren, er steht auf diesen Kram." Magnus biss sich auf die Zunge, eigentlich hatte er geplant, sich ein wenig gewählter auszudrücken.

Marcella nahm ihm seine Worte nicht übel, wahrscheinlich war sie von den Touristen manches gewöhnt. „Ja gerne, sehen Sie, dort sind Accessoires wie Hüte, Tücher und vieles mehr. Vielleicht ist da etwas dabei, was in Frage kommt. Möchten Sie erst mal alleine schauen, oder darf ich Ihnen helfen?"

So gerne er auch angenommen hätte, kam sich Magnus bei dem Gedanken schäbig vor, sie unnötig zu beschäftigen. Nachdem er das freundliche Angebot ebenso freundlich abgelehnt hatte, wartete er, bis sie im hinteren Teil des Ladens verschwunden war, um sich ihr unauffällig erneut zu nähern.

Sie stand neben einem Mann, bei dem es sich um Theo handeln musste. Er passte wesentlich besser in diesen Laden als er selbst, stellte Magnus fest,

131

während sein Blick über ihn glitt. Theo trug eine schilfgrüne Lodenjacke, die Magnus in diversen Ausführungen bereits beim Eintreten an einem Verkaufsständer gesehen hatte. Erstaunlich eigentlich, dass ein Pensionswirt sich diese Preise leisten konnte, überlegte er, kam aber schnell zu dem Ergebnis, dass wohl Rabatte eingeräumt wurden, so vertraut, wie beide miteinander umgingen.

Theo hatte einen Arm um Marcellas Taille gelegt und ihr Blick zeigte deutlich, dass ihr das nicht unangenehm war.

Sie schienen seine Anwesenheit völlig vergessen zu haben und sprachen in einer Lautstärke, die es ihm problemlos erlaubte, das Gespräch zu verfolgen.

„Mist, ich habe eben Franziskas Freundin vorbeifahren sehen. Sie ist bei den Bullen, nimmt sich ziemlich wichtig, steckt ihre Nase in Dinge, die sie nichts angehen und ruft ständig bei mir an. Ich muss noch ein bisschen abtauchen, habe wirklich keinen Bock, ihr jetzt über den Weg zu laufen." Theo verdrehte die Augen und Marcella blinzelte ihm belustigt zu.

„Will sie etwa auch was von dir? Muss ich mir bei der vielen Konkurrenz ernsthaft Sorgen machen?"

Lachend verneinte Theo. „Nein, ganz sicher nicht. Sie ist wie eine kleine Schwester für mich, außerdem stehe ich mehr auf rassige Südländerinnen."

„Na, das lass dir aber nicht so deutlich anmerken. Was will sie denn von dir?" Marcella runzelte fragend die Stirn.

„Keine Ahnung, aber ich fürchte, sie kann mir ganz schön Ärger machen, wenn sie alles herausfindet. Also gehe ich ihr lieber aus dem Weg, bis sie vergessen hat, was sie von mir wollte."

Das Eintreten eines neuen Kunden beendete ihr Gespräch und Magnus beeilte sich, den Laden zu verlassen, bevor er sich doch noch zu einem Kauf hinreißen ließ.

Zur gleichen Zeit wurde Antonia vom älteren Dahlke in seiner Pension begrüßt.

„Antonia, da bist du ja schon wieder", das Lächeln auf Manfred Dahlkes Gesicht entschärfte seine Worte, aber Antonia hörte dennoch einen leichten Vorwurf heraus. „Du hast leider kein Glück, weder Franzi noch Theo sind da, warum rufst du nicht vorher an?" Inzwischen war nicht mehr zu überhören, dass ihr Auftauchen keine reine Freude für ihn war.

„Das werde ich tun, wenn ich die beiden das nächste Mal besuche, aber heute bin ich dienstlich da." Sie erklärte dem Hotelbesitzer in wenigen Worten, worum es ging und bat ihn um Herausgabe der Gästeliste.

Dahlke zögerte kurz. „Ich bin mir nicht so sicher, ob das alles rechtens ist ... eigentlich finde ich, die Namen sind vertraulich, wenn du verstehst, was ich meine." Er überlegte einen kleinen Moment, bevor er dann doch zustimmte. „Okay, ich denke, du besorgst dir ansonsten irgendeinen Wisch, mit dem ich dir doch alles offenlegen muss. Das sollten wir uns beide ersparen." Er blätterte in dem DIN A4 Buch, das auf dem Tresen lag. „Theo versucht ständig, mich dazu zu bringen, alles im Computer festzuhalten, aber ich bin eher vom alten Schlag", entschuldigend zuckte Dahlke die Achseln. „So lange ich noch etwas zu sagen habe, bleibt es bei Papier".

Kurze Zeit später hatte Antonia die gewünschten Informationen. In der vergangenen Woche waren sieben Zimmer vermietet gewesen. Klara Hansen und ihre Töchter waren inzwischen abgereist, ebenso wie Familie Messing, die mit ihren vierjährigen Zwillingen das Familienzimmer gebucht hatte.

Neue Gäste waren noch nicht wieder hinzugekommen, das würde sich erst am Wochenende ändern, erklärte Dahlke. „Wir haben zwei alleinstehende Herren zu Gast, Kurt Schimanski und Norbert Fleischer. Ich habe sie zwar schon mal zusammen ein Bier trinken sehen, aber sie kannten sich vorher noch nicht", vermutete er.

„Fleischer ist mit dem Motorrad hier und unternimmt irgendwelche Touren, der andere scheint Hobby-Fotograf zu sein, jedenfalls hat er immer eine Kamera um den Hals baumeln, wenn ich ihn sehe."

Antonia speicherte alle Informationen sorgfältig in ihrem Gedächtnis ab, die beiden Männer würde sie sich noch genauer ansehen. „Und wer ist das?" Sie tippte grinsend auf die Gäste von Zimmer fünf. „Jede Wette, sie kommen aus den neuen Bundesländern, habe ich recht?"

Nun musste Dahlke doch lachen. „Ja, da hast du natürlich recht, Chantal Schmidt und Mandy Opfermann ... wohnhaft in Greifswald - auf solch eine Namensgebung muss man erst mal kommen. Die beiden sind gerade unterwegs, ebenso wie das andere Pärchen, Maria Zöllner und Karin Evers. Sie sind zum Wandern hier und haben einige Touren bei Franzi gebucht. Willst du mit allen sprechen?"

134

„Nein, zumindest nicht sofort. Mir ging es nur erst mal darum, zu wissen, wer letzte Woche in der Nähe von Hansen gewesen ist. Das reicht mir fürs erste, danke dass Sie mir geholfen haben." Antonia zögerte einen Moment, bevor sie doch noch einmal nachhakte: „Nur noch eine Sache: Können Sie mir vielleicht in ein paar Worten die Damen beschreiben? Ich meine Alter, Größe, Haarfarbe ... was Ihnen so einfällt, nur so ganz ungefähr?"

Dahlke runzelte die Stirn, während er erneut in seinem Buch blätterte. „Das Alter ist einfach, das steht hier. Also Zöllner und Evers sind vierundvierzig beziehungsweise sechsundvierzig und ich finde, man sieht ihnen an, dass sie gerne in der Natur sind. Kräftig, aber nicht dick," er strich über seinen kugelrunden Bauch und grinste. „Also nicht wie ich ... ihre Größe? Hm, ich schätze mal ..."

Antonia unterbrach ihn. „Danke, das ist nicht so wichtig und die beiden anderen?" Sie wusste, dass Frauen über vierzig sowieso nicht in Hansens Beuteschema gepasst hätten, egal wie sie aussahen.

„Unsere beiden Prinzessinnen aus dem Osten sind viel jünger ... ach, hier steht es ja. Chantal ist achtzehn und Mandy siebzehn. Sie hatte aber ein Schreiben von ihren Eltern dabei, dass sie alleine verreisen dürfe. War auch gut so, ich hätte sie noch viel jünger geschätzt. Sehr weitsichtig gedacht, findest du nicht?"

„Und was können Sie zu deren Äußerlichkeiten sagen?" Antonia wartete gespannt auf seine Antwort und hätte ihn am liebsten zur Eile angetrieben, als er nachdenklich überlegte.

„Die eine hat rötliche Haare", er hob den Kopf und sah Antonia direkt an. „Und auch Locken, sie hat mich im ersten Moment an dich erinnert. Die andere hat blonde, glatte Haare, aber ich weiß jetzt gerade nicht, welche von beiden." Bedauernd zuckte er die Achseln. „Ich werde langsam alt, Theo hätte bestimmt keine Probleme, sich genau zu erinnern, ich habe ihn ein paar Mal mit den Mädchen am Tisch sitzen sehen, wenn nichts mehr los war. Aber in den letzten Tagen bekomme ich ihn gar nicht mehr zu Gesicht. Ich weiß auch nicht, was mit dem Jungen los ist", murmelte er mehr zu sich selbst. „Reicht dir das erst mal, oder willst du noch mehr wissen?"

„Nein, das ist mehr als genug. Noch einmal vielen Dank, dass Sie mir geholfen haben und ... es tut mir leid Herr Dahlke, mir wäre es auch lieber, wenn ich nicht deshalb hier sein müsste. Aber es ist mein Job, herauszufinden, was mit Hansen passiert ist, das verstehen Sie doch oder?"

„Schon gut Mädchen, ich verstehe dich ja, aber gefallen tut es mir deshalb noch lange nicht. Willst du auf Franzi warten? Ich weiß aber nicht, wann sie zurück sein wird."

„Mal sehen, ich denke mein Kollege kommt jeden Moment, er wollte noch was besorgen und dann hierherkommen. Vielleicht könnte ich bis dahin einen Kaffee haben?"

Als Magnus eine halbe Stunde später die Pension betrat, waren beide in ein angenehmes Gespräch vertieft, in dem sie sich gegenseitig an die *guten alten Zeiten* erinnerten. Er hatte beinahe ein schlechtes Gewissen, sie zu unterbrechen, aber die Dinge, die er erfahren hatte, duldeten keinen Aufschub.

Nachdem er Dahlke freundlich begrüßt hatte, wandte er sich an seine Kollegin. „Tut mir leid Antonia, aber wir müssen direkt los. Ich habe gerade einen Anruf aus dem Revier erhalten, irgendetwas muss dringend geklärt werden und dafür brauchen sie uns vor Ort." Er zuckte bedauernd die Achseln.

Sobald sie im Auto saßen, fragte sie misstrauisch: „Da war doch kein Anruf, oder? Was ist denn los?" Magnus startete den Wagen und fädelte sich in den langsam fließenden Verkehr ein, bevor er antwortete. „Nein, kein Anruf aber zurück müssen wir ja trotzdem, wenn wir die Praxis heute noch schaffen wollen. Ich wollte außerdem nicht riskieren, Theo in der Pension über den Weg zu laufen, deshalb fand ich meine Ausrede eigentlich gar nicht schlecht."

„Nun erzähl schon, wie es gelaufen ist", gespannt drehte sich Antonia zu Magnus und verschränkte die Hände auf dem Schoß, um ihre Nervosität zu verbergen.

„Tja, der Typ ist wirklich ein Casanova, wie er im Buche steht. Man muss gar kein so toller Ermittler wie ich sein, um zu merken, dass er was mit der Boutique Besitzerin am Laufen hat. Verdenken kann man es ihm allerdings nicht, das ist vielleicht eine rassige Braut, Junge, Junge." Er verstummte unter Antonias strafendem Blick und setzte schnell hinzu: „Ich meine natürlich, wem es gefällt, ich stehe da eher auf einen anderen Frauentyp, ich meine ..."

"Schon gut, reit dich nicht noch tiefer rein", unterbrach sie das Gestammel. Mit seinem Machogelaber würde sie sich beschäftigen, wenn es an der Zeit dafür war – jetzt auf alle Fälle nicht.

„Wo war ich stehen geblieben? Ach ja, unser Theo hat sich die ganze Zeit sehr vertraulich mit der Dame unterhalten und sie bei jeder Gelegenheit *ganz unauffällig* berührt. Wenn ich nicht darauf geachtet hätte, wäre es mir wahrscheinlich gar nicht aufgefallen, er scheint Übung darin zu haben, diese Dinge diskret abzuwickeln."

„Hey, ich glaube, du steigerst dich da in etwas rein. Marcella Rodrigez, die Inhaberin der Boutique, ist seit Jahren glücklich mit Santos Rodrigez verheiratet und da er der Schornsteinfeger des Ortes ist, geht er bei Dahlkes ein und aus. Ich glaube, die Männer sind sogar miteinander befreundet. Ich kann mir beim besten Willen nicht vorstellen, …" Antonia schüttelte verneinend den Kopf.

Magnus tat ihren Widerspruch mit einem Achselzucken ab. „Du hast sie nicht zusammen gesehen, aber lassen wir das erst mal beiseite. Auf alle Fälle hat der Knabe irgendetwas zu verbergen, oder aber du hast ihn so verärgert, dass er dir deshalb aus dem Weg geht."

„Was hast du eigentlich für einen Grund genannt, um dort so ausgiebig zu shoppen? Ich kann mir nicht vorstellen, dass ein halbwegs intelligenter Mensch dir abgenommen hat, dass es dort etwas für dich Passendes geben könnte."

Der Kommissar grinste bei ihren Worten und nickte zustimmend. „Damit hast du wohl recht, aber ich habe ganz clever behauptet, dass ich ein Geschenk für meinen Vater suche und er auf den Trachtenkram steht."

Antonia lachte. „Das hast du aber hoffentlich nicht wortwörtlich so gesagt?"

„Naja, es ist mir so ähnlich rausgerutscht, aber sie hat es mit Humor aufgenommen. Hast du eine Ahnung, wie teuer so ein blöder Hut ist? Und das war noch das günstigste Teil im ganzen Laden."
„Hast du echt einen gekauft?" Inzwischen konnte Antonia vor Lachen kaum noch sprechen.
„Nein, das habe ich nicht, achtzig Euro erschien mir dann doch deutlich übertrieben. Aber ich bin jetzt der absolute Experte bezüglich der unterschiedlichen Materialien, aus denen die Hüte gefertigt werden, ihrer Eignung je nach Wetter und welche Farbe zu welchem Outfit passt. Soll ich fortfahren?" Jetzt musste auch Magnus lachen, die ganze Situation war ja auch zu lächerlich gewesen.
„Ne, reicht schon, erzähl lieber, ob du etwas von ihrem Gespräch mitbekommen hast."
Während er ihr eine abgemilderte Version lieferte, verschwand das Lachen aus Antonias Gesicht. Ihre Miene war inzwischen eine ausdruckslose Maske, aus der jede Belustigung verschwunden war. „Und weiter?"
„Viel mehr war nicht, aber das sollte ja schon mal reichen, um ihm etwas auf den Zahn zu fühlen, oder bist du anderer Meinung?"
„Dafür müssen wir ihn zunächst erst mal zu fassen bekommen", seufzte Antonia. „Entweder du hast recht und es läuft tatsächlich etwas zwischen den beiden, oder ..."
„... oder er hat was mit unserem Fall zu tun - wäre dir das wirklich lieber?" Er legte seine Hand auf ihren Oberschenkel und Antonia spürte, dass er damit versuchte, sie zu trösten. Sicherlich konnte er nachvollziehen, dass beide Alternativen nicht nach ihrem Geschmack waren.

Nach einem Blick auf die Uhr wechselte sie schnell das Thema. „Wenn wir gut durchkommen, schaffen wir die Praxis heute noch. Mal sehen, ob wir überhaupt jemanden dort antreffen, Mittwochnachmittag ist sicherlich keine reguläre Sprechstunde, aber vielleicht haben sie anderen Kram zu erledigen."

# 14.

Es war bereits später Nachmittag, als sie die Praxis im Norden von München erreichten. Auch hier wollten sie es zunächst auf gut Glück versuchen und falls sie vor verschlossenen Türen stünden, am nächsten Tag wiederkommen.

Die Türen waren tatsächlich geschlossen, öffneten sich aber auf Magnus hartnäckiges Klingeln.

„Wir haben keine Sprechstunde, kommen Sie bitte morgen wieder, oder gehen Sie in die Klinik, wenn es dringend ist." Die Stimme klang nicht direkt unfreundlich, jedoch so energisch, dass Antonia davon ausging, die Ärztin selbst vor sich zu haben.

„Kripo München, die Kommissare Antonia Falkner und Magnus Naumann. Entschuldigen Sie die Störung an Ihrem freien Nachmittag, aber wir müssten dringend mit Ihnen sprechen."

„Keine Sprechstunde bedeutet bei Weitem nicht, dass ich deshalb frei habe", murrte Dr. Margret Dilchert und öffnete die Tür, um die beiden Kommissare eintreten zu lassen, nachdem sie die Dienstmarken gründlich in Augenschein genommen hatte.

Ihr gesamtes Erscheinungsbild passte zu ihrer Stimme. Ihr Alter lag irgendwo zwischen Mitte fünfzig und sechzig und ihre wettergegerbte Haut zeugte von ausgiebigen Aufenthalten an der frischen Luft. Die kurzen blonden Haare durchzogen graue Strähnchen, die sie jedoch nicht unansehnlich, sondern interessant machten. Sie war etwas kleiner als die Kommissarin, aber ebenso schlank und sportlich.

Nachdem sie ihre Besucher ins Sprechzimmer geführt und ihnen einen Platz angeboten hatte, musterte sie sie ihrerseits mit ihren ausdrucksstarken grauen Augen, die von zahlreichen Fältchen umgeben waren.

Sie war weder schön noch besonders attraktiv, wirkte aber vom ersten Moment an so sympathisch, dass sich Antonia problemlos vorstellen konnte, wie gerne die Patientinnen mit all ihren Sorgen und Problemen zu ihr kamen.

„Also, was führt Sie zu mir?", abwartend lehnte sich die Ärztin in ihrem Stuhl zurück.

Sie hat keinerlei Probleme mit Autoritäten, schoss es Magnus durch den Kopf. Auch ihm gefiel die Frau auf Anhieb.

„Entschuldigen Sie, dass wir so unangemeldet hereinplatzen", begann er, „Sie haben Ihre Praxis eine Zeitlang einer Vertretung überlassen, dazu hätten wir ein paar Fragen."

„Das erste oder zweite Mal?" Dilchert erwiderte den Blick, ohne dabei die Verunsicherung zu zeigen, die ihren Kollegen in Hannover vom ersten Moment an begleitet hatte.

Fragend wechselten die Kommissare einen kurzen Blick und Magnus ärgerte sich darüber, nicht sorgfältiger recherchiert zu haben. „Wir meinen vor ungefähr zwölf Jahren, waren Sie mehrfach für längere Zeit abwesend?"

Die Ärztin nickte. „Ich arbeite für Ärzte ohne Grenzen und bin vor Kurzem erst aus Brasilien zurückgekehrt. Dort habe ich in Pacaraima gearbeitet, das ist eine Grenzstadt und in der Regel die erste Anlaufstelle für Migranten aus Venezuela.

Sie können sich nicht vorstellen, unter welchen Bedingungen die Menschen dort leben, sie schlafen auf Pappkartons und warten darauf, endlich einen Termin im total überlasteten Migrationsbüro zu bekommen. Hunderte hausen dort unter katastrophalen Bedingungen und haben kaum Zugang zu medizinischer Grundversorgung. Wir haben dort eine mobile Klinik aufgebaut und helfen den Menschen, die durch Vertreibung, Familientrennung, lange Fußmärsche und Gewalterfahrungen physisch und psychisch schwer traumatisiert sind." Sie machte eine Pause. „Aber Ihnen scheint es um meinen ersten Einsatz zu gehen, vor dreizehn Jahren war ich in Papua-Neuguinea."

„Erlauben Sie zwischendurch eine Frage, aber wie können Sie sich das sogar mehrfach finanziell leisten? Ich dachte, *Ärzte ohne Grenzen* arbeiten ehrenamtlich und diese Praxis kostet doch sicherlich auch Geld, während sie weg waren?" Antonia versuchte, ihre direkte Frage mit einem freundlichen Lächeln abzumildern, aber die Ärztin schien ihr die Offenheit ohnehin nicht übel zu nehmen.

„Ich hatte das Glück, eine gut gehende schuldenfreie Praxis von meinem Vater bekommen zu haben, bin nicht verheiratet, habe keine Kinder. Ich bin mehr als abgesichert, es geht mir gut und ich möchte etwas davon an diejenigen weitergeben, denen es unverschuldet schlechter geht."

„Das bedeutet, Sie vermieten Ihre komplette Praxis inklusive der Angestellten, Ihre Patientinnen werden weiterhin wie gewohnt betreut und in der Zwischenzeit kümmern Sie sich um Bedürftige am

anderen Ende der Welt? Ich bin beeindruckt."
Magnus nickte anerkennend.

„Das ist nicht nötig, als Arzt hat man meiner Meinung nach eine Verantwortung, der man in unserer Wohlstandsgesellschaft oft gar nicht mehr nachkommen kann. In Neuguinea haben wir vor allem gegen Tuberkulose gekämpft – hier habe ich zuvor noch nie einen akuten Fall gehabt. Darüber hinaus begegneten wir täglich häuslicher Gewalt, deren Verursacher in der Regel der Lebenspartner war und bei mehr als der Hälfte der Opfer handelte es sich um Kinder. Oft blieb uns nur, die Betroffenen zwischen den gewaltsamen Übergriffen notdürftig zusammenzuflicken. Allein ein Drittel aller kleineren chirurgischen Eingriffe basierte auf gewaltbedingte Verletzungen. Dort war unser vorrangiges Ziel, alternative Unterkünfte zu schaffen und die Frauen und Kinder aus diesem Teufelskreis rauszuholen."

„Ist Ihnen das gelungen?" Antonia konnte sich gut vorstellen, dass die Ärztin dort genau die Richtige war, um etwas zu bewegen.

„Im einen oder anderen Fall schon, aber es ist ein langer Weg, auf dem man auch mit kleinen Erfolgen zufrieden sein muss. Natürlich bleibt es immer nur ein Tropfen auf den heißen Stein, aber besser als nichts zu tun, ist es allemal." Dr. Dilchert richtete ihren Blick demonstrativ auf die große Wanduhr. „Wenn wir vielleicht zur Sache kommen könnten?"

„Hatten Sie beide Male die gleiche Vertretung?" Antonia kannte die Antwort zwar bereits, interessierte sich jedoch für die Begründung.

„Nein." Mehr schien die Ärztin dazu nicht sagen zu wollen und ihr Gesichtsausdruck zeigte deutlich, wie wenig ihr die eingeschlagene Richtung des Gesprächs behagte.

„Und zwar, weil ...?" Magnus heftete seine strahlend blauen Augen auf sein Gegenüber und versuchte damit, sie zu einer ausführlicheren Antwort zu bewegen.

Dr. Dilchert seufzte und erklärte mit leiser Stimme: „Ich habe wohl unterschätzt, wie wichtig einigen Patientinnen das Geschlecht ihres Gynäkologen ist. Mir war nicht bewusst, dass einige Frauen auf keinen Fall von einem Mann behandelt werden wollten. Damit habe ich sie ungewollt belastet – also habe ich den ersten Einsatz verkürzt und beim zweiten Mal darauf geachtet, einen weiblichen Ersatz zu finden."

„Gab es irgendwelche Klagen über Dr. Hansen – außer, dass er ein Mann war?"

„Woher wissen Sie ...? Es geht also um Kollege Hansen, habe ich recht? Was ist vorgefallen?" Sie schien nicht wirklich erstaunt darüber zu sein, dass er möglicherweise in Schwierigkeiten steckte.

„*Vorgefallen* ist Hansens Tod letzte Woche und wir ermitteln in dem Fall. In diesem Zusammenhang haben wir herausgefunden, dass er sich Patientinnen gegenüber nicht immer so verhalten hat, wie man es von einem Arzt erwarten sollte", sagte Magnus.

„Mit anderen Worten: Er hat Patientinnen mit KO-Tropfen betäubt und sie daraufhin sexuell missbraucht. Über etliche Jahre, in verschiedenen Praxen und wahrscheinlich auch hier bei Ihnen." Antonia war es leid, um den heißen Brei herumzureden. An genau diesem Ort war sie als Jugendliche gewesen, im ungetrübten Vertrauen in einen Arzt, der sie ernst nehmen und respektvoll behandeln würde. Stattdessen hatte er ihr wehgetan und eine Erinnerung eingepflanzt, die sie ihr ganzes Leben lang begleiten würde.

Unter dem Tisch stupste Magnus Antonia sanft an, als wolle er ihr damit versichern, dass er an ihrer Seite war.

Dr. Dilchert rang nun sichtbar um Fassung, ganz so abgeklärt war sie wohl doch nicht, stellte Antonia befriedigt fest und erklärte ihr ausführlich, wie sie auf ihren Verdacht gekommen waren und welche Hilfe sie sich von der Ärztin erhofften.

„Sie sagen, es handelt sich um zwei Frauen? Wenn sie auch vorher schon meine Patientinnen waren und nach der Vertretung weiterhin gekommen sind, finde ich sie auf jeden Fall. Ich erinnere mich eigentlich an alle Frauen, wenn ich die Chance bekomme, in Ruhe darüber nachzudenken. Sollten sie allerdings nur einmalig in der Praxis gewesen sein … dann könnte ich sie auf alle Fälle anhand ihres Alters eingrenzen und meine Helferinnen fragen, ob ihnen zu den Patientenakten noch ein Gesicht einfällt. Ich kann im Moment unmöglich einschätzen, wie groß der Anteil minderjähriger Patientinnen damals war, wobei wir einige aufgrund ihres Migrationshintergrunds von vornherein ausschließen können …" Dr. Dilchert schien keinerlei Bedenken zu haben, die Kommissare umfangreich zu informieren. Datenschutz oder Schweigepflicht spielten wohl keine große Rolle für sie.

An solch eine Entwicklung hatte Antonia nicht gedacht und sie merkte, wie ihr die Angst, entdeckt zu werden, die Luft zum Atmen raubte.

„Hallo, geht es wieder?" Als sie die Augen aufschlug, lag sie auf der Behandlungsliege im Sprechzimmer. Dr. Dilchert saß auf deren Kante und fühlte ihren Puls, während sich Magnus besorgt über sie beugte.

„Was machst du denn? Kippst einfach um und jagst mir einen riesigen Schrecken ein." Die Sorge um sie steckte noch so sehr in ihm, dass sein Lächeln völlig verzerrt war.

„Ich hole Ihnen eine Tasse Kaffee, dann geht es sicherlich wieder", versprach Dr. Dilchert und tätschelte beruhigend ihre Hand. „Ihre Werte sind auf alle Fälle schon wieder im normalen Bereich."

Sobald sie das Zimmer verlassen hatte, beugte sich Magnus über Antonia und musterte sie mit ernster Miene. „Und du willst mir erzählen, dass dir die ganze Sache nicht zu viel wird? Ich bin doch nicht blöd."

„Ich will so schnell wie möglich hier raus, lass uns bitte darüber reden, wenn wir alleine sind." Sie griff nach seinem Arm und zog sich langsam hoch. „Es geht schon wieder, ehrlich!"

Nachdem sie die Tasse Kaffee getrunken und sich ebenso häufig bei der Ärztin bedankt wie entschuldigt hatte, stieß Antonia einen erleichterten Seufzer aus, als sie endlich auf dem Beifahrersitz saß und sich anschnallen konnte.

Anstatt loszufahren, drehte sich Magnus zu ihr und richtete seinen durchdringenden Blick auf sie. „Rede mit mir!"

„Okay, ich habe die ganze Sache wohl tatsächlich etwas unterschätzt", gab Antonia zu. „Ich habe irgendwie gar nicht damit gerechnet, dass herausgefunden werden könnte, dass *ich* die Frau auf dem Foto bin. Aber nachdem sie so energisch an die Sache rangegangen ist, habe ich Angst bekommen."

Er griff nach ihrer Hand und seine beruhigende Stimme war eine solche Wohltat, dass ihr die Tränen in die Augen schossen. „Egal, wie es weitergeht, ich bin für dich da, das verspreche ich dir. Und wenn es Ärger geben sollte, dann teilen wir uns den eben auch."

„Vielleicht habe ich ja doch noch eine Chance, unentdeckt zu bleiben, immerhin habe ich damals gar nicht meinen richtigen Namen angegeben."

„Du hast *Was* nicht?" Fassungslos presste Magnus die Lippen aufeinander. Welche kriminelle Energie schlummerte da unentdeckt in Antonia?

„Na komm, so schlimm ist das doch auch nicht", nuschelte sie und versuchte, seinem vorwurfsvollen Blick auszuweichen. „Ich wollte nicht, dass meine Eltern von dem Besuch erfahren und eine Freundin aus meinem Handballverein hat mir ihre Karte geliehen. Damals waren noch keine Fotos drauf. Es schien auch niemanden zu interessieren und wenn sie nach meinem Ausweis gefragt hätten, wäre ich eben schnell wieder gegangen."

„Weißt du eigentlich, in wie vielen Punkten du dich da strafbar gemacht hast?", Magnus schüttelte den Kopf. „Aber auf der anderen Seite hast du es damit auch hinbekommen, dass dein Name nirgends auftaucht. Ich bezweifele sowieso, dass sich eine Helferin nach all den Jahren und einem einzigen Besuch noch an dich erinnert."

„Ich war ein paar Monate später noch einmal da, habe aber keinen Namen gesagt und nur kurz mit der Ärztin gesprochen. Sie hat erklärt, dass ich wohl nach ihrem Vertretungsarzt suchen würde und ich bin schnell wieder verschwunden. Daran kann sie sich unmöglich erinnern."

„Hoffen wir es, du hast sie ja gehört, sie erinnert sich an alle Patientinnen, wenn sie in Ruhe darüber nachdenken kann."

„Behauptet sie. Warten wir es erst mal ab." Antonia rutschte ein Stückchen zu Magnus und legte ihre Hand auf seinen Arm. „Tut mir leid, dass ich dich in die ganze Sache reingezogen habe. Das wollte ich wirklich nicht. Wenn du willst, dass ich doch zum Chef gehe ..."

„Jetzt haben wir damit angefangen, jetzt müssen wir auch weitermachen. Es gefällt mir zwar nicht, aber noch weniger gefällt mir der Gedanke, dass du Probleme deshalb bekommst. Also lass uns einfach hoffen, dass es nicht dazu kommt."

„Mal sehen, ob sie uns Namen liefern kann. Sie scheint auch nicht darauf zu bestehen, bei den Gesprächen dabei zu sein. Und unsere Ergebnisse gehen sie nichts an. Vielleicht können wir besagte Patientin ganz einfach unter den Tisch fallen lassen. Eigentlich komisch, dass sie die Sache so viel lockerer als Dr. Herbig sieht." Antonia konnte sich keinen Reim darauf machen, warum sich beide Ärzte so unterschiedlich verhielten.

„Ich denke, das liegt am Alter der Patientinnen, die aus Hannover sind immer noch minderjährig, aber die hier sind inzwischen in deinem Alter. Dadurch wird die Tat zwar nicht weniger hässlich, es macht jedoch den Umgang mit den Betroffenen etwas einfacher", mutmaßte Magnus. „Ich denke, wir machen Schluss für heute, ich hatte auf alle Fälle genug Aufregung."

An Antonias Haus angekommen, drehte er den Zündschlüssel, ließ das Auto jedoch auf der Straße stehen. „Ich muss heute auf alle Fälle nach Hause, wenn du mitkommen möchtest?" Er versuchte, seine Verlegenheit zu überspielen, indem er scheinbar aufmerksam den vorbeifließenden Verkehr beobachtete.

„Danke für die Einladung, aber ich finde, wir sollten es langsam angehen. Eine Nacht ungestörten Schlaf können wir beide gebrauchen, oder nicht?" Bei ihren Worten traute sich Antonia kaum, ihn anzusehen, aber anstatt gekränkt zu sein, atmete Magnus erleichtert auf und zog sie in seine Arme.

„Das sehe ich genauso, schlaf schön, bis morgen." Bei seinem Kuss bereute sie allerdings bereits, die Einladung abgelehnt zu haben und sie zwang sich schnell auszusteigen, bevor sie es sich noch anders überlegen würde.

# 15.

Ein Blick auf die Uhr zeigte, dass es noch zu früh war, um schlafen zu gehen, obwohl ihr erschöpfter Körper andere Signale aussandte. Um nicht mitten in der Nacht bereits ausgeschlafen zu haben, machte sich Antonia einen Tee mit viel Honig und kuschelte sich auf die Couch, um sich vom anspruchslosen Fernsehprogramm berieseln zu lassen, bis es endlich spät genug war, um sich ins Bett zu legen.

Während sie sich die neunte Wiederholung einer Greys-Anatomy-Folge ansah, schweiften ihre Gedanken ab. Der Besuch in der Praxis hatte sie mehr mitgenommen, als sie sich eingestehen wollte. Sie hatte allmählich das Gefühl, ihr gesamtes Lügengespinst bekam solche Schlagseite, dass es nicht mehr lange dauern konnte, bis ihr alles um die Ohren flog. Über die Folgen durfte sie gar nicht erst nachdenken. Es war nicht auszuschließen, dass sie nicht nur von diesem Fall abgezogen würde, sondern vielleicht sogar suspendiert. Drohte ihr möglicherweise sogar eine Entlassung?

Sie verbot sich, diese zerstörerischen Gedanken weiter zu verfolgen und konzentrierte sich lieber auf ihren Kollegen. Magnus hatte sich auch heute wieder so verhalten, wie sie es sich von einem Partner wünschte – verständnisvoll und sensibel, ohne dabei bevormundend zu sein.

Er konnte die Folgen gar nicht abschätzen, die es für ihn haben konnte, wenn er sie zu schützen versuchte. Und was hatte sie ihm im Gegenzug zu bieten? Einen ganzen Haufen an Altlasten, der ihm nichts als Ärger und Probleme einbrachte.

Sie musste wohl doch eingeschlafen sein, als sie plötzlich mit kaltem Schweiß bedeckt und wild klopfendem Herzen hochschreckte. Eigentlich war das vorherzusehen gewesen, nach diesem Tag hatte ihr Unterbewusstsein gar keine andere Wahl gehabt, als all die verdrängten Erinnerungen wieder an die Oberfläche zu zerren.

Etwas war allerdings anders, der Traum wurde schlimmer ...Sie war diesmal noch jünger, als es tatsächlich der Fall gewesen war und entsprechend kleiner. Hansen ragte übergroß, wie ein Riese, bedrohlich über ihrem kindlichen Körper und fügte ihr mit teuflischem Grinsen unvorstellbare Schmerzen zu.

Antonia schauderte bei der Erinnerung und zwang sich aufzustehen. Es war noch nicht einmal Mitternacht, sie konnte höchstens zwei Stunden geschlafen haben. Aus leidvoller Erfahrung wusste sie, dass es keinen Zweck hatte, jetzt ins Bett zu gehen, aber die ganze Nacht wachzubleiben, kam auch nicht in Frage.

Nach einer schnellen Dusche zog sie bequeme Sachen an, steckte ihren Schlüssel und das Portemonnaie in die Tasche und machte sich auf den Weg. Die Kommissare wohnten nicht weit voneinander entfernt und auch wenn Antonia Magnus Wohnung noch nie betreten hatte, hatte sie ihn bereits oft genug abgeholt, um den Weg problemlos zu finden.

Eine Viertelstunde später stand sie vor dem Mehrfamilienhaus und zögerte. War es richtig, jetzt einfach hier aufzukreuzen, nachdem sie erst vor ein paar Stunden signalisiert hatte, dass es besser sei, alles langsam anzugehen? Auf der anderen Seite hatte Magnus ihr immer wieder deutlich erklärt, dass sie nicht nur Partner, sondern auch Freunde seien und ein Freund war schließlich auch mitten in der Nacht für den anderen da, wenn dieser Hilfe brauchte ...

Als sie sich dem Seiteneingang näherte, der zu Magnus Souterrainwohnung führte, schlugen ihr laute Bassklänge entgegen. Das durfte doch nicht wahr sein, hörte er mitten in der Nacht in ohrenbetäubender Lautstärke Musik? Hatte er gar keine Angst, dass ein Nachbar die Polizei verständigte, fragte sie sich grinsend und drückte energisch auf die Klingel. Während sie sich noch fragte, wie er bei der Musik die Klingel überhaupt hören konnte, wurde diese im nächsten Moment deutlich leiser. Anerkennend stellte sie fest, dass der Technikfreak wohl dafür gesorgt hatte, dass ihm nicht entging, wenn ein Besucher zu ihm wollte.

Wenige Momente später öffnete sich die Tür und Antonia fühlte einen wohligen Schauer, als Magnus vor ihr stand. Er schien bereits im Bett gelegen zu haben und sah wirklich verdammt gut aus. Ihr Blick fiel auf den freien Oberkörper und die definierten Muskeln, die sich unter seinen Tattoos abzeichneten.

Magnus zog sie nach einem kurzen Blick in ihr erschöpftes Gesicht wortlos in die Arme.

Erleichtert schmiegte sie sich an ihn und ließ sich in die Wohnung führen. Ohne sie dabei loszulassen, setzte er sich auf die schwarze Ledercouch, die den größten Teil des Raums in Anspruch nahm.

„Schön, dass du da bist, du brauchst auch überhaupt nichts erklären – sei einfach da."

Woher wusste der Kerl bloß so genau, welches genau die richtigen Worte waren? Sie seufzte und versuchte die Tränen zurückzudrängen, die ihr bei seinen mitfühlenden Worten in die Augen schossen. „Ich habe geträumt und mir gewünscht, dass du da wärst. Also habe ich gedacht ..."

„Alles gut, ich hab doch gesagt, du brauchst nichts erklären. Oder möchtest du darüber reden?"

„Eigentlich nicht, aber es muss wohl sein. Wahrscheinlich wirst du es ohnehin irgendwann selbst erleben und dann ist es besser, wenn du Bescheid weißt", nuschelte Antonia und berichtete von den immer wiederkehrenden Albträumen, dem Herzrasen, der Angst und Schlaflosigkeit, die damit verbunden waren.

„Ich weiß, was du durchmachst", antwortete Magnus und fragte sich, ob es wirklich Zufall sein konnte, dass sie sich begegnet waren. Er hatte zuvor niemandem von seinen Träumen erzählt, da er sich albern und unmännlich vorkam, wenn er schweißgebadet und vor Todesangst zitternd aufwachte. Das war auch der Grund, warum er es vorzog, alleine zu schlafen. Die Nacht mit Antonia war nicht geplant gewesen, ansonsten hätte er wahrscheinlich doch noch einen Rückzieher gemacht. Während er sie im Arm hielt, spürte er eine tiefe Verbundenheit zu ihr. An ihrer Seite musste er sich nicht schämen, durfte sich öffnen und sie ganz nah an sich ranlassen.

Antonia hob den Kopf und blickte ihn prüfend an. Nicht nur am Klang seiner Stimme, sondern vor allem an seinem Gesichtsausdruck erkannte sie neben Mitgefühl ein Verständnis, das nur deshalb so intensiv war, weil er ihre Qualen am eigenen Leib nachvollziehen konnte.

„Ich glaube, du weißt es tatsächlich, das höre ich an deiner Stimme. Wir sind schon ein ganz schön verkorkstes Pärchen, findest du nicht?"

Anstatt einer Antwort küsste er sie und überlegte, ob jetzt der richtige Zeitpunkt war um ihr anzubieten, die Nacht bei ihm zu verbringen. Ihr Gesichtsausdruck lenkte ihn von einer Entscheidung ab. „Worüber freust du dich denn so?" Er blickte sich fragend um, konnte aber nicht entdecken, was sie so amüsierte.

Der Raum war spärlich eingerichtet. Ein kleiner weißer Couchtisch, auf dem diverse Fernbedienungen lagen, stand auf einem flauschigen Teppich, dessen undefinierbare Farbe irgendwo zwischen Braun und Grau lag und sowieso ganz egal war, da ansonsten alles in schwarz-weiß gehalten war. Der fünfundsechzig Zoll Smart-TV hing über einem schwarzen Lowboard, in dem diverse Spielkonsolen einen deutlichen Beweis für Magnus Leidenschaft an Ballerspielen boten.

Selbst die beiden großen Motorradfotos waren Schwarz-Weiß-Aufnahmen und Antonia stellte fest, wie wunderbar der Raum in seiner Schlichtheit zu ihrem Kollegen passte.

„Wenn ich das so sehe, verstehe ich, warum du bei meiner roten Küche und der Hängematte mit den quietschbunten Kissen beinahe Augenkrebs bekommen hättest", erklärte Antonia und Magnus freute sich, dass es ihr besser zu gehen schien.

„Bleibst du hier? Ich lasse dich jetzt bestimmt nicht alleine draußen rumlaufen und habe eigentlich keine Lust, mich noch mal anzuziehen. Ist das Grund genug für dich, ja zu sagen?"

„Rechne aber bitte nicht damit, dass ich morgen früh schon Brötchen geholt habe, wenn du wach

155

wirst." Antonia wusste, dass sie mit Magnus an ihrer Seite schlafen konnte und seine Nähe alle bösen Träume von ihr fernhielt.

Das Schlafzimmer war ebenso schlicht wie der Rest der Wohnung. Zufrieden stellte Antonia fest, dass sie in seinem Boxspringbett ausreichend Platz hatten und auch wenn es ihr nie gefehlt hatte, war ein Fernseher im Schlafzimmer vielleicht gar keine schlechte Idee.

Bis auf den Kleiderschrank bestand das gesamte Mobiliar aus zwei kleinen schwarzen Hockern, die als Nachttischchen dienten und einem abgewetzten Ohrensessel, dessen Bezug fast vollständig unter unzähligen Kleidungsstücken verborgen war.

Was gänzlich fehlte, waren Bilder an den Wänden, Fotos oder irgendwelche anderen persönlichen Dinge. Antonias Blick fiel auf die große Pinnwand und sie trat näher, um sie genauer anzusehen.

„Was ist das denn?" Sie zeigte auf die unzähligen bunten Bändchen, deren Aufdrucke sich in dem trüben Licht der Nachttischlampen nicht entziffern ließen.

„Andenken an diverse Rockkonzerte und Festivals, du kannst ja mal mitkommen", hoffnungsvoll trat Magnus an ihre Seite und legte den Arm um ihre Schulter.

„Mal sehen", nuschelte Antonia und überlegte bereits, wie sie sich aus diesem Angebot möglichst elegant rausreden könnte.

# 16.

Als sie am nächsten Morgen das Revier betraten, zwitscherte Laura mit glockenheller Stimme: „Guten Morgen die Kommissare, ich hoffe ihr hattet eine angenehme Nacht?" Ihr prüfender Blick wanderte zwischen ihnen hin und her, während beide von ganzem Herzen hofften, dass Lauras Siebter Sinn noch nicht so hellwach war, wie sie selbst sich den Anschein gab.

„Bevor ihr irgendetwas anderes anfangt, sollt ihr beide zum Chef kommen, *sofort* hat er gesagt." Die Genugtuung war Laura deutlich anzuhören und zu gerne hätte sie die beiden begleitet, um aus erster Hand zu erfahren, womit sie sich das Interesse des Chefs zugezogen hatten.

Antonia und Magnus wechselten einen betretenen Blick, was konnte er von ihnen wollen? Hatten sie irgendetwas verbockt, ohne sich dessen bewusst zu sein? Ohne Rücksicht auf mögliche geplante Aktivitäten direkt in sein Büro zitiert zu werden, konnte nichts Gutes bedeuten.

Normalerweise suchte Kriminaloberrat Manfred Henkel seine Teams in deren Büros auf, wenn es etwas zu besprechen gab. Er strahlte mit seinen zweiundsechzig Jahren eine natürliche Autorität aus, die keinen Zweifel daran ließ, wer das Sagen hatte – ganz egal, in welchem Rahmen die Gespräche stattfanden.

Sein Bauchansatz war ein unübersehbarer Beweis dafür, dass er den Großteil seiner Zeit hinter dem Schreibtisch verbrachte. Mit seiner Halbglatze, dem grauen Haarkranz und der Brille mit silberner Fassung, über deren Gläser hinweg er seine

Mitarbeiter aufmerksam musterte, strahlte er eine Väterlichkeit aus, die in keinem Widerspruch zu seinem wachen Verstand stand.

Als die beiden Kommissare sein Büro betraten, saß er hinter seinem Schreibtisch und blätterte die Berichte durch, die die Mitarbeiter der Abteilung Tötungsdelikte für ihn zusammengestellt hatten. Auf dem Schreibtisch herrschte um diese Uhrzeit ein wüstes Durcheinander, das sich erst legen würde, wenn er alles gesichtet und die Aufgaben des Tages verteilt hatte.

Antonias Blick fiel auf das Bild im Silberrahmen, das bedrohlich nahe am Rand des Tisches stand. Es zeigte seine Frau und die halbwüchsigen Kinder, allerdings lag die Aufnahme schon etliche Jahre zurück, inzwischen waren die beiden Sprösslinge längst selbst Eltern. Vielleicht sollte er das Foto gegen ein aktuelles seiner Enkel austauschen, überlegte Antonia, um sich von ihrer wachsenden Sorge abzulenken.

Die Ehefrau des Kriminaloberrats hatten sie im vergangenen Sommer auf einem Grillfest kennengelernt, zu dem die gesamte Abteilung eingeladen war. Henkel hatte schmunzelnd erklärt, seine Frau wolle endlich die Gesichter zu dem Bürotratsch kennenlernen, mit dem er sie Abend für Abend unterhielt.

Es war völlig unnötig gewesen, zu erwähnen, dass er der Letzte war, der irgendwelche Interna nach außen trug. Er wollte wohl nur davon ablenken, dass er seinen Leuten und sich selbst ein paar ungetrübte Stunden in privater Atmosphäre zugestehen wollte.

Momentan warteten die beiden Kommissare allerdings vergeblich auf das freundliche Lächeln, das seine Worte normalerweise begleitete. Während sie etwas verloren vor seinem Schreibtisch standen, begann er ohne weitere Einleitung zu sprechen. „Falkner, Naumann, schön, dass Sie meiner Einladung so prompt nachkommen. Ich hatte schon Sorge, dass Ihre Reisetätigkeit Ihnen dazu keine Möglichkeit bietet."

Er lehnte sich in seinem Stuhl zurück, verschränkte die Hände hinter seinem Kopf und richtete den strengen Blick seiner eisgrauen Augen auf die beiden Mitarbeiter, die unter seinen Worten ihre Köpfe senkten.

„Können Sie mir vielleicht mal verraten, was Ihnen einfällt, eine Dienstreise bis nach Niedersachsen zu unternehmen? Ich hätte da ja gerne ein Wörtchen mitgeredet, aber irgendwie scheint der Reiseantrag verlorengegangen zu sein." Bei seinen Worten ließ er die Mappen mit den Berichten so laut auf den Schreibtisch klatschen, dass Antonia zusammenfuhr.

„Was meinen Sie, warum es überall Kollegen gibt, die vor Ort tätig werden? Wann haben Sie erlebt, dass aus einem anderen Bundesland jemand zu uns gekommen ist, um *unsere* Arbeit zu übernehmen? Warum gibt es überhaupt eine übergeordnete Organisation, wenn sich jeder einfach darüber hinwegsetzt?" Seine Worte waren so messerscharf, dass es überhaupt nicht nötig war, die Stimme zu erheben, um ihnen Nachdruck zu verleihen.

Inzwischen war Henkel aufgestanden und hatte die Hände auf dem Tisch abgestützt. Nachdem er sich sicher sein konnte, mit seiner Einschüchterung das gewünschte Ergebnis erzielt zu haben, ließ er sich wieder auf seinen Stuhl sinken. „So, nachdem ich jetzt Dampf abgelassen habe, geht es zumindest *mir* wieder besser." Mit einem leichten Lächeln fuhr er fort: „Ich beobachte meine Teams sehr genau und habe ein eigenes Ranking entwickelt. Sie beide sind noch ziemlich frisch, das ändert aber nichts daran, dass sie mittlerweile in meiner Beurteilung ganz weit oben stehen." Er begann die folgenden Argumente an den Fingern abzuzählen und streckte den Kommissaren dafür seine Hand entgegen.

„Angefangen bei ihrer Intuition, der Hartnäckigkeit, der Art und Weise, in der Sie Ihre Ermittlungen führen, bis hin zu Ihrem ganz besonderen Geschick, Ihre jeweiligen Fähigkeiten optimal einzusetzen, hat Sie all das in der Summe an diesen Spitzenplatz befördert. Sie haben die höchste Aufklärungsquote und ich weiß, wie hart sie dafür gearbeitet haben."

Verwundert hoben die Kommissare den Kopf und überlegten, ob ihr Chef sie mit dieser Lobrede auf den Arm zu nehmen versuchte.

„Ich will mich nicht grundlegend in Ihnen geirrt haben, also setzen Sie sich endlich und erklären mir, warum Sie so und nicht anders vorgegangen sind."

Antonia räusperte sich und begann zu sprechen. Obwohl das meiste davon bereits in Berichten festgehalten und ihrem Chef mit Sicherheit bekannt war, fasste sie den gesamten Fall erneut in kurzen Worten zusammen. Mittlerweile hatte sie ihre Sicherheit wiedergewonnen und sagte mit treuherzigem Blick: „Chef, es tut mir leid, wenn wir uns nicht an die übliche Vorgehensweise gehalten haben. Um ehrlich zu sein, haben wir überhaupt nicht darüber nachgedacht, aber trotzdem sind wir jetzt im Nachhinein immer noch davon überzeugt, das Richtige getan zu haben." Sie machte eine kurze Pause und vergewisserte sich mit einem kurzen Seitenblick, dass Magnus gleicher Meinung war. „Wir wissen mittlerweile von vier Praxen, in denen Minderjährige missbraucht wurden. Hansen war bis vor wenigen Monaten in Hannover tätig und dementsprechend ist davon auszugehen, dass die Opfer längst noch nicht volljährig sind. Das verleiht dem Fall eine besondere Härte und wir waren der Meinung, dass wir diese Ermittlungen nicht aus der Hand geben sollten, nicht noch mehr Leute einbeziehen sollten." Mit leiser Stimme fuhr sie fort: „Es ist so schon grausam genug für die jungen Frauen, wir wollten den Kreis möglichst klein halten, um den Opfern nicht noch mehr zuzumuten." Sie berichtete von ihrem Gespräch mit Dr. Herbig und dessen Vorschlag, zunächst mit den betroffenen Frauen und deren Eltern allein zu sprechen, bevor die Kripo hinzugezogen wurde.

Magnus nickte und ergänzte: „In Köln verhält es sich anders, die Fälle liegen mittlerweile fast zwanzig Jahre zurück. Das macht die Taten zwar nicht weniger strafbar, aber die Opfer sind inzwischen deutlich älter und es liegen viele Jahre dazwischen. Da sehen wir keine Probleme, wenn die Kollegen vor Ort ermitteln und uns Namen liefern. Aus Berlin liegt uns eine Anzeige gegen Hansen in der entsprechenden Zeit vor und wir sind noch dabei, die Frau ausfindig zu machen."

Henkel hatte bei ihren Worten mehrfach genickt und ergriff nun erneut das Wort. „Okay, ich sehe es auch so, dass Sie das Richtige getan haben – wenn auch mehr oder weniger aus Versehen. Machen Sie weiter und sorgen Sie dafür, dass keine losen Enden übrigbleiben. Er mag ja ein Drecksack gewesen sein, aber das darf Ihre Suche nach seinem Mörder nicht beeinträchtigen. Und *vergessen* Sie beim nächsten Mal bitte nicht, mich vorab zu informieren, wenn Sie größere Ausflüge planen."

Erleichtert verabschiedeten sich die beiden Kommissare und beeilten sich, in ihr Büro zurückzukehren. Nachdem sie die Tür hinter sich geschlossen hatten, blickten sie sich an.

„Oh Mann, hast du dich auch so erbärmlich gefühlt, als seine Stimme immer leiser wurde? Ich hätte mir am liebsten eine Jacke geholt, so schlimm war die Gänsehaut, die mir über den ganzen Körper gekrochen ist." Antonia stützte den Kopf in die Hände.

Magnus seufzte. „Ich fürchte, der Fall wird uns noch einiges abverlangen, hoffen wir, dass es bald einen Durchbruch gibt." Er griff nach dem Telefonhörer, um sich zu erkundigen, ob Dr. Herbig bereits Ergebnisse erzielt hatte.

Der Arzt schien bereits auf den Anruf gewartet zu haben. „Guten Morgen, ich dachte mir schon, dass Sie nicht auf meinen Rückruf warten. Ich bin tatsächlich bereits ein gutes Stück weitergekommen. Zwei junge Frauen entsprechen Ihrer Beschreibung, ich habe versucht, beide zu erreichen. Eine ist vor zwei Monaten als Au-pair in die Staaten abgereist, sie kommt erst nächstes Jahr wieder zurück. Da müssen Sie sich tatsächlich selbst drum kümmern, ich kann Ihnen den Namen geben, wenn Sie möchten. Mit der anderen und ihren Eltern habe ich heute noch einen Termin, soll ich mich nach dem Gespräch noch mal bei Ihnen melden?"

Da sie hier zunächst nicht weiterkamen, wandte sich Magnus einem der anderen Opfer zu. „Ich habe mir Elvira Sandos aus Berlin noch ein wenig genauer angesehen. Sie hat etliche Male ihren Wohnsitz gewechselt und wohnt inzwischen mit ihrer kleinen Tochter in der Nähe von München. Wollen wir ihr mal einen Besuch abstatten?"

Antonia nickte zustimmend. „Trauen wir uns, einfach loszufahren oder stellen wir einen Reiseantrag?"

Ihr Kollege grinste und zog sich bereits die Jacke an. „Hat er nicht gesagt, *größere* Ausflüge? Ich finde, das wird nur ein kleiner ..."

# 17.

Elvira Sandos wohnte in einem typischen Mehrfamilienhaus, wie sie nach Ende des Zweiten Weltkriegs in jeder Stadt aus dem Boden gestampft wurden. Von außen sahen sie alle gleichermaßen hässlich aus, Hauptsache, es wurde möglichst viel Wohnraum auf möglichst geringer Fläche geschaffen. Das änderte nichts daran, dass es immer an den Bewohnern lag, was sie daraus machten, überlegte Antonia, während ihr Blick am Haus empor glitt. Die Balkone waren teilweise mit Sichtschutz versehen, andere schienen als Rumpelkammer für alles zu dienen, wofür in der Wohnung kein Platz war.

„Kannst du mir mal verraten, warum jemand im ersten Stock einen Rasenmäher auf dem Balkon hat?" fragte sie Magnus und überlegte, ob der Griff, der über das Geländer ragte, möglicherweise zu einem anderen Gerät gehören könnte.

„Keine Ahnung, vielleicht mäht er den künstlichen Balkonrasen", Magnus hatte die richtige Klingel gefunden. „Sieht so aus, als ob die Wohnung im dritten Stock ist, hoffentlich gibt es einen Fahrstuhl."

Ohne weitere Nachfragen summte der Türöffner und die Kommissare traten ein.

„Ziemlich unvorsichtig, einfach so aufzumachen", brummte Antonia und machte sich auf den Weg ins Treppenhaus. „Komm, ein bisschen Sport tut dir gut, in die enge Kiste zwänge ich mich auf keinen Fall", sie zeigte auf den altertümlichen Fahrstuhl und Magnus folgte ihr ohne Widerrede.

Eine Wohnungstür im dritten Stock war angelehnt und aus dem Inneren hörten sie eine Frauenstimme. „Olaf, bist du endlich da? Ich warte schon eine halbe Stunde, beeil dich mal ein bisschen."

Grinsend zückte Magnus seine Marke und schob sich durch die Tür. „Frau Sandos? Kripo München, Kommissare Naumann und Falkner. Wir hätten da ein paar Fragen."

Im nächsten Moment wirbelte ihnen eine Frau entgegen, die so in Schwung war, dass sie erst kurz vor den beiden Kommissaren zum Stehen kam.

„Oh, entschuldigen Sie, ich dachte, es wäre mein Ex. Er wollte die Kleine holen und ist schon wieder überfällig. Scheiß Kerle."

Mit einem entschuldigenden Blick auf Magnus atmete sie tief durch. „Wie kann ich Ihnen helfen?"

„Zunächst einmal sollten Sie nicht einfach öffnen und dann auch noch die Wohnungstür offenstehen lassen, ohne nachzufragen, wer geklingelt hat", ergriff Antonia das Wort. „Wir haben jeden Tag mit Fällen zu tun, bei denen solche Unvorsichtigkeiten nicht gut ausgegangen sind." Das stimmte zwar nicht so ganz, aber ein bisschen Übertreibung konnte nicht schaden. „Denken Sie gar nicht an Ihre Tochter?"

Elvira Sandos zuckte gleichgültig die Schultern, die zarte Röte, die über ihr Gesicht zog, war jedoch ein sicheres Zeichen, dass die Botschaft angekommen war. „Ja, ja, schon gut, ich machs nicht wieder. Sind Sie deshalb gekommen? Um festzustellen, wer sich auch brav an die Regeln hält?"

Die Kommissare wechselten einen kurzen Blick, bevor Magnus erneut das Wort ergriff. „Wir ermitteln in einem Mordfall und möchten mit Ihnen über einen alten Bekannten sprechen, Richard Hansen."

Auf den ersten Blick hatte Elvira keinerlei Ähnlichkeit mit ihrem Foto im Polizeicomputer. Die rötlichen lockigen Haare waren einem raspelkurzen Bubikopf gewichen. Die ausgeblichenen, betonharten und starr nach oben ragenden Strähnen erinnerten auch farblich an die Stoppeln eines kürzlich abgeernteten Weizenfeldes. Um dieses Ergebnis zu erzielen, waren sicherlich Unmengen an Chemie erforderlich, gesund konnte das nicht sein, schoss es Antonia durch den Kopf – und es sah nicht einmal besonders gut aus. Auf der anderen Seite passte es aber auch zu ihr, denn obwohl Elvira nur wenige Jahre jünger als sie selbst war, schien sie noch längst nicht im Erwachsenenleben angekommen zu sein.

Die Nennung des Namens schien keinerlei Erinnerungen bei ihr zu wecken.

„Kenn ich nicht, wer soll denn das sein?" Elvira bückte sich, um das kleine Mädchen, das versuchte, sich an ihr hochzuziehen, auf den Arm zu nehmen. „Na meine Süße, sei ganz lieb, sonst bekommst du Schimpfe von den beiden ..." das Wort Bullen konnte Antonia lediglich an ihren Lippen ablesen, eine gewisse Zurückhaltung schien Sandos demnach doch zu haben.

In wenigen Sätzen erklärten sie ihr, wer Richard Hansen war und woher sie ihn kennen sollte. Ihre Gesprächspartnerin wurde immer stiller und schien keinerlei Interesse mehr an weiteren Provokationen zu haben. Schlagartig wirkte sie viel jünger, als sie sich den Anschein geben wollte.

„Wollen Sie einen Moment reinkommen? Ich möchte mich setzen." Sie ging voraus in ein kleines Wohnzimmer, das mit Möbeln, einem Laufstall und einem Bügelbrett so vollgestellt war, dass kaum ein Fleckchen Boden frei blieb.

„Okay, jetzt erinnere ich mich – vielen Dank auch dafür! Ich versuche, das alles zu vergessen und eigentlich habe ich schon ewig nicht mehr daran gedacht. Damals hatte ich eine wilde Zeit, Alkohol, Jungs und ... naja, das sage ich jetzt lieber nicht, will mir ja nicht im Nachhinein noch Ärger einhandeln."

„Wir sind weder von der Drogenfahndung noch von der Sitte, keine Sorge", beschwichtigte Antonia sie. „Uns interessiert lediglich, was damals in der Praxis vorgefallen ist und wie Sie sich daraufhin verhalten haben. Sie haben Anzeige erstattet?"

Sandos nickte und kniff dabei die Lippen fest zusammen. „Der Drecksack hat sich an mir vergangen – das heißt doch im Amtsdeutsch so, oder? Ich könnte auch sagen, er hat sein armseliges Würstchen in meinen unschuldigen Körper gebohrt, mir wehgetan und dafür gesorgt, dass ich für sehr lange Zeit keinen Spaß an Sex hatte."

Sie grinste und ergänzte: „Inzwischen finde ich es meistens ganz nett, kommt auf den Mann an." Der Blick, den sie Magnus dabei zuwarf, zeigte deutlich, dass sie nicht abgeneigt war, seine diesbezüglichen Fähigkeiten auf die Probe zu stellen.

Antonia verkniff sich eine entsprechende Bemerkung und lenkte die Aufmerksamkeit stattdessen auf sich selbst. „Was ist dann passiert? Haben Sie mit Ihren Eltern gesprochen? Sind die mit Ihnen zur Polizei gegangen?"

Sandos schüttelte den Kopf und warf einen Blick auf ihre kleine Tochter, die fröhlich im Laufstall saß und auf einem Baustein kaute. „Die haben mir gar nicht geglaubt, als ob ich mir solche Sachen ausdenken würde! Wenn *meine* Tochter mit so etwas käme, würde ich ihr auf jeden Fall beistehen. Meine Alten meinten, wahrscheinlich hätte ich was mit einem Typ gehabt und jetzt Sorge, schwanger zu sein. Ich bin dann alleine zur Polizei, aber die haben mir gar nicht richtig zugehört. Keine Ahnung, ob meine Anzeige überhaupt getippt wurde oder gleich im Papierkorb gelandet ist."

„Ohne die Anzeige wären wir nicht auf Sie aufmerksam geworden und letztendlich hat das erst alles ins Rollen gebracht. Es gibt noch mehr Frauen, die von ihm belästigt wurden, aber leider können wir Hansen dafür nicht mehr zur Rechenschaft ziehen. Er hat sich der Sache entzogen, indem er letzte Woche plötzlich und unerwartet das Zeitliche gesegnet hat." Magnus hatte seine Fassung wiedergewonnen und wollte das Gespräch nun schnellstens zum Abschluss bringen.

Es war unschwer nachzuvollziehen, wie seine Worte in Sandos Hirn arbeiteten und die Rädchen ineinandergriffen. Fassungslosigkeit, Genugtuung und – Entsetzen, als sie den Anlass des Besuchs begriff. „Und jetzt denken Sie, *ich* hätte was damit zu tun? Ich habe mich nicht mal an seinen Namen erinnert, woher hätte ich wissen sollen, wo er sich gerade aufhält?" Hilflos blickte sie von einem zum anderen.

Antonia schüttelte beruhigend den Kopf. „Nein, wir verdächtigen Sie nicht, aber wir müssen allen Spuren nachgehen und Sie haben definitiv ein Motiv. Fragt sich allerdings, warum Sie mit ihrer Rache so lange hätten warten sollen."

Sie hatten kaum ihren Wagen erreicht, als sich Magnus Luft machte. „Kannst du es glauben, diese Tussi kriegt ihr Leben nicht auf die Reihe und wagt es, mich anzugraben. Als ob ich mich mit so was abgeben würde ..."

„Nein, da nimmst du lieber die attraktive, intelligente und beruflich erfolgreiche Kriminalkommissarin, nicht wahr?" Antonia klimperte aufreizend mit den Augen und warf ihm Kusshände zu.

„Ach, du kannst mich doch mal", brummte Magnus ungehalten. Da er sich weiter ausschwieg, nutzte Antonia die Fahrt nach Lunau für ein kurzes Nickerchen. Als sie wieder aufwachte, hatte Magnus gerade das Ortsschild passiert und näherte sich der Pension.

Sie gähnte ausgiebig und sagte: „Ich glaube, wir können sie von unserer Liste streichen. Sie mag vielleicht ein Motiv haben, aber ich habe ihr abgenommen, dass sie schon jahrelang nicht mehr an ihn gedacht hat. Mal sehen, ob wir hier irgendeine Spur finden, wird langsam Zeit, denkst du nicht?"

Sein Lächeln bewies ihr, dass er seine gute Laune wiedergewonnen hatte. Sie speicherte das Erlebnis in ihrem Gedächtnis ab. Er hatte wohl doch kein so dickes Fell, wie er es gerne gehabt hätte. Ansonsten wäre dieser lächerliche Vorfall kein Grund zur Aufregung gewesen.

Antonia beschloss, die Sache zunächst auf sich beruhen zu lassen. Sie kannte Magnus längst nicht gut genug, um sich erlauben zu dürfen, sein Schutzschild zu durchdringen. Schließlich hatte auch sie kein Interesse daran, von ihm so genau analysiert zu werden – also sollte sie ihm die gleichen Rechte zugestehen.

Manfred Dahlke begrüßte das Kommissar-Team, ohne besondere Freude oder Überraschung zu zeigen. Ob er von dem Streit der Mädchen etwas mitbekommen hatte, ließ er sich nicht anmerken, aber Antonia spürte seinen prüfenden Blick auf sich gerichtet, sobald er sich unbeobachtet fühlte.

„Wir müssen uns mit allen Gästen unterhalten, wir haben immer noch keinen wirklichen Ansatzpunkt und es ist wichtig, zunächst herauszufinden, warum und mit wem Hansen mitten in der Nacht in den Bergen unterwegs war. Tut mir leid, wenn wir Ihnen damit Unannehmlichkeiten machen." Antonias entschuldigender Ton passte so gar nicht zu ihrem gewohnten Auftreten und Magnus entschied sich, dem schnellstens ein Ende zu machen.

„Uns ist bewusst, dass solche Ermittlungen schlecht fürs Geschäft sind, aber ungeklärte Todesfälle schaden Ihnen auf Dauer garantiert noch viel mehr. Ich denke, Sie sollten froh darüber sein, dass Antonia die Ermittlungen leitet, sie wird das richtige Maß finden, um den Fall aufzuklären und Ihre Belastung so gering wie möglich zu halten."

Sie bekamen wieder das kleine Gastzimmer zur Verfügung gestellt und gingen zunächst die Gästeliste durch. Nachdem sie alleine waren, sagte Antonia leise, „danke."

Magnus nickte und erwiderte: „Dafür, dass ich dir die Leitung übertragen habe, darfst du dich bedanken. Ansonsten habe ich nur die Wahrheit gesagt, der undankbare Knilch würde sich wundern, wie Fremde hier alles durcheinanderbrächten." Er ärgerte sich darüber, wie sehr Antonia unter der Zurückweisung des Pensionswirts litt. Für sie war das Thema damit erledigt. „Gehen wir die Liste erst mal durch: Ehepaar und Töchter Hansen hatten zwei Zimmer gebucht, sind inzwischen abgereist ...“

„... beziehungsweise verstorben“, ergänzte Magnus grinsend.

„Sehr witzig. Das große Familienzimmer hat das Ehepaar Messing mit zwei kleinen Kindern bewohnt. Sie sind ebenfalls ganz regulär wie geplant vor drei Tagen abgereist, ich denke, die können wir erst mal vergessen. Vier weitere Zimmer sind nach wie vor vermietet, an zwei alleinstehende Herren und jeweils zwei Damen.“ Antonia kaute auf ihrem Stift, während sie sich an das Gespräch mit Dahlke zu erinnern versuchte.

„Zwei der Frauen waren bei der Wandergruppe dabei, die Hansen gefunden hat, Maria Zöllner und Karin Evers. Beide in den Vierzigern und vom äußeren Erscheinungsbild entsprechen sie eher nicht Hansens Beuteschema.“

„Wobei dir klar ist, dass sie ihr Aussehen auch deutlich verändert haben könnten, ich erinnere dich da an Elvira Sandos. Wir sollten uns mit ihnen unterhalten ... wen haben wir noch?“ Magnus beugte sich zu Antonia, um die Liste in Augenschein zu nehmen.

„Chantal Schmidt und Mandy Opfermann, beide aus den neuen Bundesländern“, fuhr Antonia grinsend fort. „Keine Ahnung, ob Hansen auch hier seine Fühler ausgestreckt hat – eigentlich unglaublich im Familienurlaub, was denkst du?“

„Wie auch immer, müssen wir mit beiden sprechen“, Magnus hatte kein Interesse an irgendwelchen Spekulationen, er wollte endlich konkrete Ansatzpunkte. „Weiter ..."

„Die beiden alleinstehenden Herren heißen Kurt Schimanski - er ist wohl zum Wandern hier - und Norbert Fleischer, er fährt Motorrad. Da habt ihr doch gleich ein gemeinsames Thema oder nicht?"

„Wenn die lahme BMW da draußen ihm gehört, spielt er ganz sicher nicht in meiner Liga", winkte Magnus ab. „Aber das ist egal, mit wem fangen wir an?" Er hatte sich die Ärmel hochgekrempelt und zog sie nun wieder runter. Schließlich hatte er sich dazu verpflichtet, seine Tattoos, wann immer möglich, verdeckt zu halten.

„Ich sags ja nur ungern, aber wir müssen auch Franziska und Theo befragen. Auch wenn sie meine Freunde sind, stößt mir ihr Verhalten immer unangenehmer auf. Wenn sie heute wieder nicht zu fassen sind, bekommen sie beide eine Vorladung."

Antonia kniff die Lippen zusammen und versuchte, ihre Verärgerung runterzuschlucken.

Besser verärgert als traurig, dachte Magnus und warf ihr einen verständnisvollen Blick zu. „Die beiden heben wir uns bis zum Schluss auf, ich geh mal auf die Suche nach unserem ersten Gesprächspartner."

# 18.

„Ich wollte gerade los, können wir das Gespräch schnell hinter uns bringen?" Norbert Fleischer betrat gemeinsam mit Magnus das Gastzimmer und wandte sich mit seiner Frage an Antonia. Er war ein gutes Stück kleiner und deutlich kräftiger als Magnus. Die Motorradkombi verbarg die Rettungspolster, auf die sein volles Gesicht hindeutete.

„Nehmen Sie bitte Platz, es geht ganz schnell", beruhigte ihn die Kommissarin, während sie ihn unauffällig einzuschätzen versuchte. Aus ihren Unterlagen wusste sie, dass er ungefähr in ihrem Alter war. Sein offenes Lächeln reichte bis zu seinen mokkabraunen Augen, aus denen er die Kommissarin aufmerksam musterte.

Er legte seinen Helm behutsam neben sich auf den Boden und setzte sich den Kommissaren gegenüber. „Was möchten Sie von mir wissen?" Er hatte die Hände auf dem Tisch verschränkt und zeigte keinerlei Nervosität.

„Sie haben ja sicherlich mitbekommen, was Herrn Hansen zugestoßen ist. Uns interessiert in dem Zusammenhang, ob Sie Kontakt mit ihm und seiner Familie hatten und wo Sie sich am vergangenen Mittwoch – sagen wir ab achtzehn Uhr bis Mitternacht - aufgehalten haben." Antonia machte eine kurze Pause, um Fleischer die Gelegenheit zu geben, ihre Fragen direkt zu beantworten.

Er fuhr sich mit der Hand durch die Haare und entgegnete: „Ich habe die Familie beim Frühstück gesehen, freundlich gegrüßt, aber mit keinem von ihnen gesprochen. Ich bin hier, um Moped zu fahren, also halte ich meine Zeit in der Pension möglichst kurz. Am Mittwochabend bin ich noch im Ort gewesen um etwas zu essen und gegen zehn ins Bett gegangen. Ich war lange nicht mehr gefahren und den ganzen Tag auf dem Bock war doch anstrengender als ich dachte." Er lächelte entschuldigend.

Antonia wechselte einen kurzen Blick mit Magnus, bevor sie Fleischer entließ. „Vielen Dank, das wars auch schon. Wenn wir noch weitere Fragen haben, melden wir uns, Sie sind ja noch ein paar Tage hier. Fahren Sie schön vorsichtig."

„Mal sehen, ob wir überhaupt eine DNA-Probe von ihm brauchen, momentan halte ich es noch nicht für erforderlich." Magnus beugte sich über Antonias Liste. „Als nächstes sprechen wir mit Zöllner und Evers, sie warten draußen."

Er bat die Frauen herein und lehnte sich abwartend an die Wand. Antonia erinnerte sich daran, die beiden bereits in der Wandergruppe, als Hansen gefunden wurde, gesehen zu haben. Maria Zöllner hatte eine drahtige Figur und die Wanderkleidung, die sie trug, unterstrich ihr sportliches Auftreten. Die kurzen blonden Haare waren sicherlich schnell frisiert und auch mit Nagellack und Schminke schien sie sich nicht unnötig aufzuhalten.

Karin Evers war deutlich korpulenter und wirkte insgesamt nicht besonders sportlich, Antonia vermutete, dass die Initiative für einen Wanderurlaub nicht von ihr ausgegangen war. Vielleicht täuschte sie sich dabei aber auch, denn sowohl Kleidung als auch Schuhe waren von guter Qualität und wirkten bereits getragen.

Nachdem sie den Frauen die gleichen Fragen gestellt hatte, erklärten beide, dass sie mit Frau Hansen ein paar unverbindliche Worte gewechselt hatten, wenn sie sich zufällig begegnet waren. „Sie hat uns irgendwie leidgetan", erklärte Zöllner. „Wenn sie zusammensaßen, hat ihr Mann kein Wort mit ihr gewechselt und die beiden Töchter schienen den Urlaub stinklangweilig zu finden. Sie waren die ganze Zeit an ihren Handys und die arme Frau wirkte fürchterlich einsam." Ihre Freundin grinste und ergänzte: „Wir haben sogar überlegt, ob wir ihr anbieten sollten, uns mal zu begleiten, aber sie machte nicht den Eindruck, als ob ihr das Spaß machen könnte."

Während sie sich vorstellte, wie Klara Hansen in Hosenanzug und High-Heels durch die Berge kraxelte, konnte Antonia den Frauen nur zustimmen.

Übereinstimmend berichteten beide von einem Kinobesuch am vergangenen Mittwoch, nach dem sie gegen dreiundzwanzig Uhr schlafen gegangen waren. „Sie spielen hier immer mittwochs irgendwelche alten Filme und letzte Woche war Dirty Dancing dran. Das geht immer, finden Sie nicht?"

Maria Zöllner wurde von ihrer Freundin unterbrochen. „Wir waren echt froh, dass wir uns den Toten nicht genauer ansehen mussten – wenn wir geahnt hätten, dass wir ihn kannten, wäre es noch gruseliger gewesen."

Nachdem sich die Frauen verabschiedet hatten, machten die Kommissare erst mal eine kurze Pause. Antonia nippte an ihrer Cola und murmelte: „Ich weiß gar nicht, was wir hier eigentlich machen. Denkst du, einer der Gäste wird unsere Fragen mit einem Geständnis beantworten oder uns den Täter präsentieren? Irgendwie drehen wir uns im Kreis." Erschöpft stützte sie den Kopf in die Hände.

„Und das werden wir so lange machen, bis uns entweder schwindelig wird, oder wir über etwas stolpern – warum bist du so skeptisch? Wir haben doch gerade erst angefangen, tiefer zu graben." Magnus war hinter Antonia getreten und massierte ihr die verspannten Schultern. „Wollen wir für heute Schluss machen?"

„Auf keinen Fall, es geht mir sowieso schon nicht schnell genug." Antonia lächelte ihrem Kollegen zu, während sie die Schultern rollte. „Das machst du gut, mir geht's schon besser – wen haben wir als nächstes?"

„Ich sehe mal nach, ob die beiden anderen Ladys inzwischen aus den Federn gekrochen sind", grinste Magnus und kam kurz darauf mit zwei Mädchen zurück, die ihre Kaffeebecher noch in der Hand hielten. Nachdem sie sich gesetzt hatten, verschaffte sich Antonia zunächst einen ersten Eindruck, um zu entscheiden, wie sie am besten vorgehen sollte.

Chantal Schmidt war ihren Aufzeichnungen zufolge bereits Anfang zwanzig, sah jedoch ebenso wie ihre minderjährige Freundin deutlich jünger aus.

Ihre langen blonden Haare reichten bis weit über den Rücken und passten gut zu dem makellosen Gesicht, das noch keine Spuren eines ereignisreichen Lebens trug. Mit den grau-blauen Augen wirkte sie unschuldig und harmlos.

Antonia bemerkte, wie gekonnt das Mädchen diese Wirkung einzusetzen wusste, als sie sah, wie sie zunächst einen unauffälligen Blick auf Magnus warf und sich im nächsten Moment aufrichtete, um ihre beträchtliche Oberweite besser zur Geltung zu bringen. Das enge Shirt saß so hauteng, dass die Kommissarin befürchten musste, es könne im nächsten Moment auseinanderplatzen. Die Weiber waren doch alle gleich, kaum tauchte ein halbwegs attraktiver Mann auf, wurden die eigenen Reize möglichst gekonnt zur Schau gestellt. Wobei sie in diesem Fall eingestehen musste, dass der Kommissar tatsächlich ein Sahneschnittchen war - lässig an die Wand gelehnt, die Hände in den Jeans vergraben und den Blick seiner strahlenden Augen auf die beiden gerichtet. Sollte sie ruhig um seine Aufmerksamkeit buhlen – sie kam eindeutig zu spät, stellte Antonia mit Genugtuung fest.

Mandy Opfermann war ein anderer Typ, weniger makellos, aber durchaus ebenfalls attraktiv. Ihr Versuch, Sommersprossen und unreine Haut mit Make-Up zu bedecken, war nicht zu übersehen. Aus dem Pferdeschwanz, mit dem sie die rötlichbraunen Locken gebändigt hatte, lösten sich bereits einige vorwitzige Strähnen und kringelten sich bis zu den Schultern.

Die beiden waren definitiv nicht zum Wandern gekommen, dazu waren die Jeans zu eng und die modischen Stiefel mit Stickereien und hohen Absätzen völlig ungeeignet. Nach einer kurzen Begrüßung konnte sich die Kommissarin die Frage nicht verkneifen, was beide in diesen verschlafenen Ort verschlagen hatte.

Chantal seufzte. „Ist das so offensichtlich, dass wir hier nicht hinpassen? Eigentlich wollten wir nach Italien, aber dafür hat das Geld dann nicht gereicht. Mandy durfte sowieso noch gar nicht ins Ausland – ihre Eltern sind da irgendwie komisch – aber das

177

hätten wir schon hinbekommen. Naja, egal, vielleicht wird es ja jetzt doch spannender als befürchtet." Der Blick, den sie Magnus zuwarf, zeigte deutlich, welche Art Spannung sie sich erhoffte.

Scheinbar hatte er jedoch genug von diesen Aufmerksamkeiten, mit zusammengekniffenen Augen zischte er unfreundlich: „Ich glaube nicht, dass ein Mord die richtige Art eines Ferienprogramms ist – vielleicht sollten Sie dem Toten etwas mehr Respekt erweisen."

Chantal errötete und senkte betreten den Kopf. „So habe ich das nicht gemeint", nuschelte sie.

Mandy hatte nun endlich Mut gefasst und ergriff das Wort. „Wir wollten nicht respektlos sein, aber der Typ war einfach widerlich. Okay, deshalb brauchte er nicht gleich zu sterben, aber so wie er sich aufgeführt hat ..."

Interessiert zog Magnus eine Augenbraue hoch. „Ihr hattet also mit ihm zu tun?"

Das Mädchen nickte. „Am Dienstag. Wir waren abends in der Bohemia-Bar schräg gegenüber und hatten geplant, ein bisschen zu feiern."

Chantal schnaubte verächtlich. „... *feiern* war allerdings entschieden zu hoch gegriffen. Nur alte Leute und überhaupt keine Stimmung. Wir wollten gerade wieder gehen, als ..."

Mandy wollte sich die Geschichte nicht aus der Hand nehmen lassen und unterbrach die Freundin schnell. „Hansen war auch da, mit seinen beiden Töchtern. Die hatten ungefähr genauso viel Spaß wie wir und haben nur an ihren Handys rumgespielt. Er hat uns dauernd so komische Blicke zugeworfen und dann hat er die beiden nach Hause geschickt."

Chantal nickte. „Sie saßen am Nachbartisch und wir konnten alles verstehen. Die Dicke hat gar nichts gesagt, aber die andere hat rumgezetert, warum sie jetzt schon gehen müssten und er noch bleiben wollte."

„Der Blick, den er ihr zugeworfen hat, war echt gruselig, ich habe noch gedacht, sie sollte lieber gehen, bevor es ungemütlich wird." Mandy runzelte die Stirn und rieb sich über die Arme, als wolle sie die Gänsehaut vertreiben, die die Erinnerung hervorrief.

„Als die beiden weg waren, hat er sich zu uns umgedreht und gefragt, ob wir vielleicht noch was zusammen trinken wollen." Die Mädchen wechselten einen kurzen Blick, beiden war die Erinnerung deutlich unangenehm.

„Wir haben natürlich Nein gesagt, aber er hat sich einfach an unseren Tisch gesetzt und angefangen, uns vollzulabern. Dabei ist er ganz nahe an mich rangerutscht und hat seine Hand auf meinen Arm gelegt." Nun schauderte Mandy sichtbar. „Ich habe ihm gesagt, dass er mich in Ruhe lassen soll, aber er hat nur gelacht und gemeint, *es wäre doch nett.*"

„Zum Glück sind dann die beiden Männer gekommen und haben ihm gesagt, dass er verschwinden soll. Er hat zwar noch ein bisschen rumgezickt, aber dann ist er zum Glück wirklich gegangen." Die Erleichterung war Chantal immer noch anzusehen.

„Welche beiden Männer, habt ihr die gekannt?", interessiert beugte sich Antonia nach vorne.

Chantal nickte. „Klar, aus der Pension. Der eine ist immer hinter dem Tresen, nicht der Alte, sondern Theo, sein Sohn. Seinen Namen kannten wir erst nicht, aber wir haben dann noch ein bisschen mit ihnen geredet und da hat er sich vorgestellt." Nach einer kurzen Pause setzte sie nachdenklich hinzu. „Komisch, ich habe ihn schon ein paar Tage nicht gesehen, naja, vielleicht hat er ja auch mal frei."

Mandy ergänzte: „Der andere hieß Kurt und war schon älter. Er wohnt auch hier, aber wir hatten ihn vorher noch nicht getroffen. Theo hat uns zwar besser gefallen, aber nett war Kurt auch und vor allem haben sie uns überhaupt nicht angemacht - nicht so wie der Widerling Hansen."

„Hattet ihr den Eindruck, dass sie sauer auf Hansen waren?" fragte Magnus.

Mandy zuckte die Achseln. „Irgendwie schon, aber ich hatte das Gefühl, dass wir das nicht merken sollten. Als Kurt anfing, über Hansen zu schimpfen, hat Theo ihn angestupst und *schon gut* gesagt. Wir sind dann zusammen zur Pension zurück und sie meinten, wir sollten ihnen sofort Bescheid sagen, wenn er noch mal blöd macht."

„Und das war das letzte Mal, dass ihr Hansen gesehen habt?" Antonia machte sich eine entsprechende Notiz und verabschiedete sich von den beiden Mädchen, die es inzwischen ziemlich eilig hatten, wohin auch immer zu verschwinden.

Als sich die Tür hinter ihnen geschlossen hatte, ließ sich Magnus auf einen Stuhl fallen. „Warum sind die Mädels in dem Alter nur so anstrengend?"

Antonia grinste. „Tu doch nicht so, als würde dir die Bewunderung nicht gefallen. Sie können ja nicht wissen, dass du längst bestens versorgt bist."

Magnus erwiderte ihr Lächeln. „Ich finde, das ist das richtige Stichwort, um allmählich Schluss zu machen. Was meinst du?"

„Lass uns versuchen, noch mit Theo und Schimanski zu reden, dann sind wir durch. Und wenn Theo schon wieder verschwunden ist, laden wir ihn im Revier vor, mir reichts langsam." Antonia fuhr sich mit der Hand durch die Haare und versuchte im nächsten Moment, die Strubbelmähne wieder halbwegs zu ordnen.

Zehn Minuten später saß ihnen Kurt Schimanski gegenüber. Sein Aussehen ließ ebenfalls nicht auf sein tatsächliches Alter schließen, allerdings wirkte er nicht wie die Mädchen jünger, sondern stattdessen entschieden älter. Die Falten in seinem Gesicht erzählten Geschichten eines entbehrungsreichen Lebens, insgesamt wirkte er vielleicht ein wenig verlebt, als ob das Schicksal es nicht immer gut mit ihm gemeint hatte.

Ansonsten konnten die Kommissare auf den ersten Blick keine besonderen Merkmale bei ihm feststellen. Er war weder dick noch dünn, weder besonders groß noch klein, weder hässlich noch sonderlich attraktiv – ein ganz normaler Mann. Das alles änderte jedoch nichts daran, dass er beiden auf Anhieb sympathisch war, ein Typ, mit dem man gerne ein Feierabendbier getrunken hätte.

„Wir haben eben mit den beiden Mädchen gesprochen, denen Sie letzte Woche in der Bar beigestanden haben. Können Sie uns vielleicht noch einmal aus Ihrer Sicht schildern, was da vorgefallen ist?"

Schimanski nickte zustimmend. „Ja, gerne. Ich war mit Theo, das ist der Juniorchef hier, in der Bar. Wir hatten einen kleinen Spaziergang gemacht und wollten vor dem Schlafengehen nur noch was trinken."

Antonia unterbrach ihn. „Warum haben Sie das nicht hier gemacht?"

Schimanski lächelte. „Theo hat sich nichts bezahlen lassen, wenn wir in der Pension etwas getrunken haben und ich wollte mich mal revanchieren. Schließlich wollte ich nicht als Schmarotzer dastehen..."

„Wie ging es dann weiter?" Magnus wollte das Gespräch endlich wieder auf den Punkt bringen.

„Naja, die Mädels saßen an einem Tisch und Hansen mit seinen Töchtern daneben. Wir waren an der Bar, sie haben uns bestimmt gar nicht bemerkt. Nachdem Hansen seine Töchter weggeschickt hatte, ist er rüber zu den beiden gegangen und es war deutlich zu erkennen, wie unangenehm ihnen das war. Wir haben uns das einen Moment angesehen und sind dann an den Tisch, um der Sache ein Ende zu bereiten." Er schüttelte den Kopf. „Der Kerl hat Töchter im selben Alter und gräbt hemmungslos junge Mädchen an – widerlich."

„Waren Sie sich darin mit Theo einig? Ich meine, in Ihrer Einschätzung", fragte Antonia.

„Auf jeden Fall, kein vernünftiger Mensch könnte da anderer Meinung sein. Ich habe mich dann noch ein bisschen aufgeregt, aber Theo meinte, wir sollten es gut sein lassen. Hat ja auch Recht, der ist es auf keinen Fall Wert, sich den Urlaub verderben zu lassen."

„Hatten Sie danach noch mal Kontakt mit Hansen?"

Schimanski verneinte schnell. „Ich habe erst wieder von ihm gehört, als die Polizei da war, ein paar Tage später."

„Nur der Vollständigkeit halber, wo waren Sie letzte Woche Mittwoch – ab, sagen wir zwanzig Uhr, bis Mitternacht?" Antonia registrierte, wie Schimanski bei ihrer Frage die Hände zu Fäusten ballte, jedoch sofort wieder löste.

„Naja, so viele Möglichkeiten hat man hier ja wirklich nicht. Ich habe Theo an der Rezeption Gesellschaft geleistet – wie an den meisten Abenden - wir haben ein paar Bier getrunken und ich bin irgendwann schlafen gegangen – alleine, wenn das eine Rolle spielt."

„Vielen Dank, dass Sie sich die Zeit genommen haben, mit uns zu sprechen. Wenn noch was ist, melden wir uns." Magnus schloss die Tür hinter ihm und lehnte sich von innen dagegen. „Was denkst du? Irgendetwas verschweigt er, am liebsten hätte ich einen DNA-Abgleich, aber dafür fehlte uns noch jede Rechtfertigung." Magnus stutzte, als sein Blick auf Antonias zufriedenes Grinsen fiel, mit dem sie aus dem Fenster blickte und Schimanski beobachtete, der gerade aus der Tür trat.

Fünf Minuten später war sie selbst draußen und sammelte die Zigarettenkippe ein, die dort auf dem Boden lag. „Schimanski roch wie ein alter Aschenbecher, war klar, dass er sich gleich eine ansteckt, wenn er hier rauskommt. Und da Dahlkes immer sorgfältig vor der Tür fegen, ist die Auswahl nicht groß."

„Du bist völlig schmerzfrei, wenn es darum geht, irgendwelche Vorschriften zu umgehen. Ich weiß nicht, ob ich das faszinierend oder beängstigend finde", Magnus strafender Blick passte nicht zu dem Funkeln seiner Augen, die einwandfrei seine Bewunderung zeigten.

Seine Kollegin zuckte mit den Achseln und verstaute die Kippe in einem Beweismittelbeutel. „So haben wir zumindest spätestens am Montag ein

Ergebnis, sehen wir erst mal, ob es passt und wenn ja, besorgen wir uns einen ordentlichen richterlichen Beschluss."

Da Theo erneut unauffindbar war, entschieden die Kommissare, zunächst Schluss zu machen. Manfred Dahlke wurde aufgetragen, seinem Sohn auszurichten, dass er am nächsten Tag auf dem Revier erwartet wurde – ansonsten würde man ihn in Handschellen abholen.

# 19.

„Was denkst du, taucht er freiwillig auf?" Magnus lehnte sich in seinem Schreibtischstuhl zurück und unterdrückte ein Gähnen. Der Fall nahm langsam Fahrt auf, er hätte nichts dagegen, wenn sie noch vor dem Wochenende einen Durchbruch erzielen würden. Während er seine Kollegin musterte, die nachdenklich an ihrem Kaffee nippte, überlegte er bereits, wie sie die freien Tage am angenehmsten verbringen könnten. *Vielleicht könnten sie ...*

Antonia unterbrach seine Überlegungen. „Wollen wir wetten? Ich tippe zwanzig Mäuse, dass Theo kommt, hältst du dagegen?"

„Das ist unfair, du kennst ihn viel besser als ich. Ich wette nicht mit dir." Magnus schüttelte den Kopf.

Bevor Antonia reagieren konnte, klingelte Magnus Telefon. Nachdem er kurz zugehört hatte, legte er auf. „Das war Herbig, er hat gestern noch mit dem Mädchen und seinen Eltern gesprochen. Er hat erst einmal vorsichtig vorgefühlt und ist schnell zu dem Ergebnis gekommen, dass sie sich an nichts erinnert. Jetzt fragt er, ob wir die Sache damit ruhen lassen wollen, ansonsten bräuchten wir einen richterlichen Beschluss, wenn er uns den Namen nennen soll."

„Warum Wunden aufreißen, die es gar nicht gibt? Wenn sie sich wirklich an nichts erinnert, ist sie zu beneiden – und seiner Strafe ist Hansen ohnehin entgangen." Antonia zuckte die Achseln, sie hätte liebend gerne mit dem Mädchen getauscht.

„Ich weiß zwar nicht, ob *umgebracht zu werden* das gleiche ist, wie *seiner Strafe zu entgehen* aber ich verstehe, was du meinst." Magnus wurde erneut durch das Klingeln des Telefons unterbrochen. „Kriminalkommissar Naumann, wie kann ich Ihnen helfen?"

„Guten Morgen, Margret Dilchert. Können Sie vielleicht bei mir in der Praxis vorbeikommen? Ich habe einige Infos für Sie."

Eine halbe Stunde später saßen die Kommissare der Ärztin gegenüber.

„Ich habe mir die Patientenakten angesehen und versucht, die passenden Frauen zu finden. Einfach war es nicht, es ist unglaublich, wie viele Patientinnen Hansen in der Vertretungszeit behandelt hat. Ich will damit nicht sagen, dass ich weniger behandele, aber es war noch nie erforderlich, die genaue Zahl zu ermitteln." Sie machte eine kleine Pause und blätterte in den Unterlagen, die ordentlich aufeinandergestapelt vor ihr lagen.

„Bei einer Patientin bin ich relativ sicher, dass sie betroffen sein könnte. Sie heißt Elke Meinhard, ist heute neunundzwanzig und immer noch meine Patientin. Sie passt zu der Beschreibung, die Sie mir gegeben haben. Ich kann Ihnen die Adresse geben, wenn Sie möchten." Sie kritzelte ein paar Zeilen auf einen Zettel und schob ihn den Kommissaren zu.

„Das war der leichte Teil, ab jetzt wird es unübersichtlich. Ich habe noch vier weitere Patientinnen gefunden, die in der fraglichen Zeit noch minderjährig und bei Hansen waren, aber ich selbst kenne keine von ihnen. Sie waren zwar teilweise mehrfach in Behandlung, aber nur während meiner Abwesenheit. Das muss nichts heißen, wir haben häufig Frauen, die entweder nicht regelmäßig zum Gynäkologen gehen, von hier wegziehen, oder - warum auch immer - den Arzt wechseln. Ich habe auch meine Helferinnen nach ihnen gefragt, aber es ist einfach zu lange her. Wir hatten zu viele Patientinnen, um sich an jede zu erinnern – vor allem, wenn sie nur ein-, zweimal da waren." Dilchert lächelte entschuldigend, es schien ihr wichtig zu sein, dass die beiden Kommissare sie nicht für oberflächlich hielten.

Magnus nickte verständnisvoll. „Ich weiß, was Sie meinen. Uns begegnen auch unzählige Menschen und wenn sie keinen bleibenden Eindruck hinterlassen, können wir dem Namen im Nachhinein nicht immer ein Gesicht zuordnen." In Gedanken setzte er hinzu, dass die Leichen, mit denen sie viel zu häufig zu tun hatten, *immer* einen bleibenden Eindruck hinterließen – aber das brauchte die Ärztin nicht zu erfahren.

„Wenn Sie möchten, gebe ich Ihnen die Namen, vielleicht können Sie etwas damit anfangen."

Im Auto ging Antonia die Liste durch und tippte mit dem Finger auf einen der Namen. „Gut recherchiert, das ist der Name meiner Freundin, unter dem ich damals hier gewesen bin. Ich denke, wir sehen uns Elke Meinhard an und vergessen die anderen. Wir wissen schließlich, wen davon sich Hansen ausgesucht hatte."

Magnus warf ihr einen kurzen Seitenblick zu. Sie sah bei ihren Worten aus dem Fenster, aber da sich ihr Gesicht in der Scheibe spiegelte, konnte er erkennen, wie fest sie die Lippen aufeinanderpresste. „Bist du okay? Rede mit mir!" Er musste nicht erst über ihre Schulter streichen, um zu spüren, wie angespannt sie war.

Antonia lächelte ihm beruhigend zu. „Geht schon, ich denke, es läuft so, wie ich es gehofft hatte. Trotzdem geht es mir näher, als mir lieb ist. Auf der einen Seite bin ich froh darüber und im nächsten Moment ärgert mich, dass wir ihn nicht mehr drankriegen ..." Energisch knüllte sie den Zettel zusammen. Der Name der zweiten Frau auf den Fotos würde eben für immer und ewig ein Rätsel bleiben.

Die Adresse führte sie zu einem netten Doppelhaus in einer ruhigen Wohngegend. Der Eingangsbereich war liebevoll gepflegt, Blumen säumten den mit hellen Steinen gepflasterten Weg zur Haustür.

Als ihnen geöffnet wurde, wussten die Kommissare sofort, dass sie Elke Meinhard gegenüberstanden. Die Frau in bequemen Jeans und Sweatshirt hatte eine wilde Lockenmähne, deren Strähnen in der Sonne rotgolden funkelten. Das Gesicht war mit Sommersprossen übersät und sie hatte keinerlei Versuche unternommen, diese mit Make-Up zu überdecken. Allein das machte sie Antonia auf Anhieb sympathisch und ihr offenes Lächeln tat sein Übriges, um diesen Eindruck zu verstärken. Fragend blickte sie auf ihre Besucher.

„Kripo München, Falkner und Naumann, guten Tag. Haben Sie vielleicht ein paar Minuten Zeit für uns?"

Kurze Zeit später saßen sie auf der Terrasse und hielten ein Glas Zitronenlimonade in den Händen. Auch hier war alles sauber und ordentlich, in großen Terrakottatöpfen konkurrierten die Steinpflanzen mit der Farbenpracht zahlreicher Blumen. Magnus ging davon aus, dass seine Kollegin genau wusste, was da blühte und ihr interessierter Blick zeigte deutlich, wie genau sie alles wahrnahm.

Die goldgelben Forsythien standen in interessantem Kontrast zu den himmelblauen Hortensien, mit denen sie im Wechsel angeordnet waren. Der angenehme Geruch stammte hingegen von dem üppigen Magnolienbaum, den er ein Stück weiter hinten im Garten entdeckte. Die zierlichen weißen Blüten der Kriechmispel bildeten einen dichten Teppich, der den Blick zu einem kleinen Teich führte.

Antonia nickte anerkennend. „Wunderschön haben sie es hier. Das macht doch eine Menge Arbeit, wie schaffen Sie das?" Sie hatte sich vorab darüber informiert, dass Meinhard als Augenoptikerin arbeitete – da hatte sie zumindest im Gegensatz zu ihr selbst geregelte Arbeitszeiten, stellte sie neidisch fest.

Die Frau lachte und ihre von dichten Wimpern eingerahmten Augen leuchteten dabei in einem satten Grün. „Das würde ich alleine gar nicht schaffen – zumindest sähe es dann nicht so klasse aus. Meine Frau Bianca hat einen grünen Daumen", ergänzte sie mit einem liebevollen Blick auf die Frau, die eben zu ihnen trat und sich auf den freien Platz setzte.

„Wir ermitteln in einem Mordfall und gehen zunächst allen Spuren nach", kam Magnus zum Thema. „Sie sind dem Opfer vor ungefähr zwölf Jahren begegnet, während er die Vertretung ihrer Gynäkologin Frau Dr. Dilchert übernommen hatte. Erinnern Sie sich an Dr. Hansen?"

Meinhard runzelte die Stirn. „Hm, lassen Sie mich überlegen ... jetzt, wo Sie es sagen, erinnere ich mich tatsächlich vage. Irgendwas war damals komisch, ..." Sie verstummte und die Kommissare sahen ihr deutlich an, wie sie in ihren Erinnerungen kramte.

Ihre Frau nickte zustimmend. „War das nicht der Doc, bei dem du dich nicht wohlgefühlt hast? Ich wollte damals auch hin, habe dann aber gewartet, bis Dr. Dilchert wieder zurück war."

„Stimmt, jetzt fällt es mir wieder ein. Ich war bei ihm und nach der Untersuchung war mir irgendwie komisch, ich habe mich nicht mehr an alles erinnern können." Sie lachte. „Ich dachte schon, ich kriege Alzheimer, aber das wäre noch ein bisschen früh gewesen." Mit ernster Miene wandte sie sich an Magnus. „Ich habe jahrelang nicht mehr daran gedacht und den Arzt würde ich wahrscheinlich gar nicht mehr erkennen, wenn er mir auf der Straße begegnete. Ist das wichtig?"

Antonia schüttelte den Kopf. „Nein, machen Sie sich keine Sorgen, wir wollten nur sicherheitshalber nachfragen. Entschuldigen Sie die Störung und danke für die Limo."

Während sie den Wagen aus der Einfahrt zurücksetzte, brummte Antonia ungehalten: „Kannst du mir mal verraten, warum *ich* Albträume habe und andere sich überhaupt nicht daran erinnern?"

Magnus zuckte die Achseln. „Zum einen wirken die KO-Tropfen wahrscheinlich bei jedem unterschiedlich und dann kommt es wohl auch darauf an, wie man mit den Erinnerungen umgeht. Du analysierst alles gründlich, gehst Rätseln auf die Spur und lässt keine Fragen unbeantwortet. Wenn du es von Anfang an verdrängt hättest, wäre es vielleicht leichter für dich gewesen – aber das entspräche nicht dir."

„Vielleicht hast du Recht. Ich hoffe, nachdem wir uns jetzt so viel damit beschäftigt haben und der Typ mausetot ist, hakt mein Unterbewusstsein die Sache auch endlich ab."

Laura begrüßte sie bei ihrer Rückkehr ins Revier mit einem strahlenden Lächeln. „Gut, dass ihr da seid, ihr habt Besuch, ich habe ihn im Besprechungszimmer geparkt und wollte euch gerade Bescheid sagen."

Theo saß mit verschränkten Armen an dem kleinen Tisch, klopfte ungeduldig mit den Fingern auf die Tischplatte und musterte Antonia mit feindseliger Miene. „Nett, dass du auch mal vorbeischaust. Ich habe nicht den ganzen Tag Zeit, hier rumzusitzen."

„Hallo Theo, ich freue mich auch, Dich zu sehen. Mein Kollege Magnus Naumann und ich haben ein paar Fragen und da wir dich leider in Lunau nicht angetroffen haben, mussten wir dich bitten, uns hier zu besuchen." Ihr Lächeln war so oberflächlich, dass er unschwer den Hohn in ihren honigsüßen Worten erkennen konnte.

„Worum geht es? Immer noch um Hansen?" Theo blickte von einem zum anderen.

„Ja, tatsächlich beschäftigen wir uns immer noch mit ihm, könnte daran liegen, dass wir seinen Mörder noch nicht dingfest gemacht haben. Vielleicht kannst du uns dabei behilflich sein?" Während sich Magnus ebenfalls an den Tisch setzte, zog es Antonia vor, stehen zu bleiben. Sie lehnte an der Wand, hatte die Arme vor der Brust verschränkt und musterte den Freund aus Kindheitstagen.

„Kommen wir gleich zur Sache: Wo bist du letzte Woche Mittwochabend gewesen und seit wann weißt du, dass Hansen mich damals missbraucht hat?" Die Frage war ein Schuss ins Blaue, aber Antonia ging davon aus, dass nur der Überraschungsmoment Theos undurchsichtige Fassade durchbrechen konnte. Sein Blick flog zwischen den Kommissaren hin und her, während er fieberhaft überlegte, wie er am besten reagieren sollte. „Wie kommst du darauf, dass ich ... warum holst du das jetzt hervor? Können wir vielleicht erst mal alleine ...", stammelte er.

Magnus ergriff das Wort. „Antonia hat mir erzählt, was damals vorgefallen ist und wir vermuten, dass auch Sie bereits längere Zeit darüber Bescheid wissen. Ob dieses Wissen etwas mit dem Mord an Hansen zu tun hat, werden wir jetzt und hier klären." Sein Auftreten machte unmissverständlich klar, dass die Zeit der Ausflüchte abgelaufen war und Theo seufzte ergeben, bevor er erneut zu sprechen begann.

„Okay, ich wusste Bescheid. Franziska hat es mir schon damals erzählt, aber ich durfte dir nichts davon sagen", fügte er mit einem entschuldigenden Blick auf Antonia hinzu. „Franzi hat es total nervös gemacht, als er mit seiner Familie bei uns aufgekreuzt ist und ich habe mir vorgenommen, ihn im Auge zu behalten. Das war auch gut so, ihr habt ja schon davon gehört, dass er die beiden Mädels belästigt hat, der Drecksack ..."

„Wenn das alles war, verstehe ich nicht, warum du in letzter Zeit ständig verschwunden bist und niemand sagen konnte, wo du dich aufhältst", warf Antonia ein. „Willst du das vielleicht erklären?"

Theo stieß einen tiefen Seufzer aus und fuhr sich mit der Hand durch die Haare. „Okay, da ja nun der Tag der großen Geständnisse gekommen ist, habe ich wohl keine andere Chance. Wenn du es genau wissen willst: Ich habe ein Verhältnis mit Marcella und das darf wirklich niemand wissen ..."

„Bist du nicht mit Francesco befreundet?", unterbrach ihn Antonia und erklärte Magnus, dass es sich dabei um ihren Mann, den Schornsteinfeger in Lunau handelte.

Theo nickte. „Das macht die Sache nicht gerade einfacher, es ist einfach passiert und wir wissen noch nicht, was wir machen sollen. Könnt ihr das vielleicht vertraulich behandeln?"

„Wenn es nichts mit dem Fall zu tun hat, gibt es keinen Grund, darüber zu reden", beruhigte ihn Magnus. „Im Gegenzug für unser Entgegenkommen hätten wir allerdings gerne eine Speichelprobe von Ihnen. Sie können es natürlich verweigern, dann gehen wir den offiziellen Weg – wie in allen anderen Zusammenhängen auch." Sein Blick machte deutlich, dass Theo gut beraten wäre, dem Wunsch umgehend nachzukommen, sofern er sich die Diskretion der Kommissare sichern wollte.

„Nein, ist schon gut, ich gebe Ihnen die Probe. Habe schließlich nichts zu verheimlichen." Er wischte sich den Schweiß von der Stirn und Antonia fragte sich unwillkürlich, warum er dennoch so nervös war.

Nachdem sie die Probe entnommen hatten, war ihm die Erleichterung, gehen zu können, deutlich anzusehen.

„Halte dich bitte zur Verfügung, falls wir noch weitere Fragen haben. Ansonsten wissen wir ja jetzt, wo wir dich finden können." Den Seitenhieb konnte sich Antonia nicht verkneifen und Theos Zusammenzucken zeigte ihr deutlich, dass diese Spitze ihr Ziel erreicht hatte.

Nachdem sich die Tür hinter ihm geschlossen hatte, wechselten die Ermittler einen nachdenklichen Blick. „Ich bring das gleich runter ins Labor, vielleicht haben sie schon was zu Schimanski." Magnus hatte die Klinke schon in der Hand, blieb aber noch einen Moment stehen. „Was denkst du? Ich kann mich zwischen den beiden immer noch nicht entscheiden, unschuldig wirkt keiner von ihnen."

Antonia antwortete leise: „Mir wäre es am liebsten, wenn Theo nichts damit zu tun hat, aber danach geht es leider nicht. Das Motiv von Schimanski ist auf alle Fälle viel geringer, als Theos. Er hat Hansen erst vor wenigen Tagen kennengelernt und weiß alles andere nur aus Theos Erzählungen – vorausgesetzt, er hat ihm überhaupt etwas gesagt. Ich kann mir eigentlich nicht vorstellen, dass sie über mich gesprochen haben. Hast du gesehen, wie entsetzt er darüber war, dass du Bescheid weißt? Ich glaube, für ihn ist das eine Familienangelegenheit, über die man mit Außenstehenden nicht redet."

„Wie auch immer, machen wir Schluss für heute. Hast du schon Pläne fürs Wochenende?" fragte Magnus.

Sie zuckte die Achseln. „Naja, was man als gute deutsche Hausfrau so macht, waschen, putzen, einkaufen ... Ich werde die Zeit nutzen, die uns bleibt, bis ein Ergebnis vorliegt. Dann geht es wahrscheinlich noch mal rund."

Bevor er das Besprechungszimmer endgültig verließ, sagte er beiläufig: „Ich hole dich um zehn ab, wäre gut, wenn du bis dahin ausgeschlafen bist." Antonia blickte ihm nach, was sollte das denn jetzt heißen?

# 20.

Auch wenn Antonia nicht wusste, worauf sie sich einließ, stellte sie brav den Wecker und hatte um zehn Uhr bereits die erste Maschine Wäsche in der Trommel.

Erstaunt blickte sie auf die Tasche, die Magnus bei seinem Eintreten vor sich hinstellte.

„Ich habe dir was zum Anziehen mitgebracht, wir machen einen Ausflug."

Nachdem sie den Reißverschluss geöffnet hatte, zog sie eine schwarze Motorradjacke aus der Tasche und runzelte die Stirn. „Und ich soll das anziehen, weil ..."

„Weil wir beide einen Ausflug machen. Das Wetter ist gerade noch schön genug, um dir meine Freundin Donna vorzustellen", grinste Magnus. „Und bevor du eifersüchtig wirst, Donna ist meine Harley und ich versichere dir, dass es eine besondere Ehre ist, dass du mitfahren darfst."

„Spielt es dabei irgendeine Rolle, ob ich das überhaupt möchte und warum ist das Ding so wahnsinnig schwer, was ist das am Rücken?"

„Deine erste Frage kann ich mit einem klaren Nein beantworten, manchmal muss man zu seinem Glück gezwungen werden. Und die zweite Frage zeigt, wie groß dein Nachholbedarf ist. Die Jacke ist deshalb so schwer, weil der Rücken mit Protektoren verstärkt ist. Im unwahrscheinlichen Fall eines Unfalls – der natürlich selbstredend fremdverschuldet sein würde – werden sie verhindern, dass du dir größere Verletzungen zuziehst."

Magnus machte einen Schritt auf sie zu und hob sanft ihr Kinn, um ihr in die Augen sehen zu können. „Sag bitte Ja, du wirst es nicht bereuen." Als sie immer noch schwieg, seufzte er zwar, fuhr jedoch unbeirrt fort: „Motorradfahren ist wie Sex – okay, vielleicht nicht hundertprozentig, aber grundsätzlich schon. Ich erkläre es dir. Zunächst einmal ist beides keine große Sache, irgendwie bekommt jeder es hin. Aber das reicht nicht, denn es gibt die ganze Bandbreite zwischen katastrophal und unbeschreiblich. Es ist jedes Mal anders, mal besser, mal schlechter – oder weniger fantastisch, wenn dir die Formulierung lieber ist. Das liegt zum einen natürlich an der Übung, ausgiebiges und selbstloses Training steigert definitiv die Qualität. Es ist aber auch maßgeblich vom Partner abhängig, wobei es auch ohne einen Wechsel des Partners immer wieder unterschiedlich sein kann ..." Magnus wanderte inzwischen im Wohnzimmer hin und her und Antonia verfolgte fasziniert die wachsende Leidenschaft, mit der er sprach.

„Zurück zum Partner: Ganz wichtig ist hier die Übereinstimmung, die vollkommene Harmonie, das Zusammenspiel. Und all das funktioniert nicht ohne gegenseitiges Vertrauen. Wenn man etwas von sich zurückhält – und sei es noch so unbedeutend - bringt man sich selbst und den Partner um den vollen Genuss. Dazu kommt, einer muss die Führung übernehmen – beim Motorradfahren ist klar, wer von beiden das ist und während einer Fahrt sollte man diese Rolle auch nicht tauschen, das könnte ins Auge gehen. Beim Sex ist der Wechsel spontaner möglich, aber ich habe die Erfahrung gemacht, dass ein ständiges hin und her der Sache durchaus im Wege steht und es nicht besser macht. Naja, und wenn man das alles berücksichtigt, hat man eine echte Chance auf absoluten Genuss und das Schöne - sowohl am Sex als auch am Motorradfahren - ist, dass es sich nicht abnutzt. Kein *sealing effect* wie bei Medikamenten – je länger man konsumiert, umso mehr braucht man, um die gleiche Wirkung zu erzielen."

Magnus verstummte und sah Antonia erwartungsvoll an. Seine blauen Augen funkelten so verheißungsvoll, dass Antonia spontan die Arme um seinen Hals legte und ihm einen Kuss gab.

Grinsend sagte er: „Ich hoffe, ich habe mich klar ausgedrückt? Ich kann verstehen, wenn du jetzt lieber Sex mit mir haben möchtest, da du meinst, dich da besser auszukennen und ich dir meine Qualitäten ja schon unter Beweis gestellt habe. Keine Sorge, ich komme zeitnah auf deinen Wunsch zurück, aber zunächst einmal möchte ich dir eine neue Erfahrung schenken. Also, schieb deine Zweifel beiseite, schwing dich in den Sattel und genieß unsere Fahrt mit meinem alten Schätzchen."

Bei seinen Worten hatte er Antonia bereits zur Tür geschoben und wenige Minuten später drückte er ihr den Helm in die Hand, der am Lenker seiner Harley hing. Er griff nach ihrer Tasche, verstaute sie in der Ledersatteltasche und reichte ihr ein Paar Handschuhe.

Bevor sie die Handschuhe überstreifte, strich Antonia vorsichtig über den Adler, der kunstvoll auf den Tank gesprüht war. Er stand in krassem Kontrast zu dem mattschwarzen Lack und dem glänzenden Chrom, der in der Sonne funkelte. Diese Maschine hatte nichts gemeinsam mit den aufgemotzten Rennmotorrädern, die sie dann und wann in Sportreportagen gesehen hatte. Hier wurden entspannte Ausflüge anstelle hirnloser Raserei in Aussicht gestellt und dieses Wissen beruhigte Antonia mehr, als sie sich eingestehen mochte.

Nachdem sie sich erst mal daran gewöhnt hatte, begann sie die Fahrt in vollen Zügen zu genießen. Magnus war ein defensiver und vorausschauender Fahrer. Er nahm Rücksicht darauf, dass sie zum ersten Mal auf einem Zweirad saß, beschleunigte und bremste verhalten und wandte sich an der ersten Ampel zu ihr um.

„Und, alles klar?" Dabei drückte er liebevoll ihren Oberschenkel, den sie eng an ihn geschmiegt hatte.

„Erstaunlicherweise geht es mir tatsächlich gut. Bleiben wir in der Stadt?" Ihr hoffnungsvoller Ton ließ ihn herzlich lachen. „Ganz sicher nicht, wir wollen Spaß haben und nicht Abgase einatmen. Bis wir raus sind, hast du dich daran gewöhnt und dann macht es dir nichts aus, wenn es etwas schneller geht."

„Das werden wir sehen", grummelte sie und schmiegte sich mit dem ganzen Körper an ihn. Magnus grinste zufrieden und beschleunigte stetig, nachdem sie die Stadtgrenze hinter sich gelassen hatten.

Einige Zeit später fuhr er auf einen Parkplatz und drehte den Zündschlüssel um. „So, Zeit für eine Pause. Du musst als erstes absteigen", forderte er Antonia sanft auf. „Hier können wir Mittagessen, es gibt hier die leckersten Weißwürste der ganzen Gegend und wenn du es schaffst, ein bisschen Platz zu lassen, essen wir zum Nachtisch Germknödel mit Pflaumenmus."

Als sie sich so vollgestopft hatten, dass Antonia meinte, beim nächsten Bissen zu platzen, sagte sie:

198

„Danke, dass du mir deine Freundin vorgestellt hast. Ich halte zwar eigentlich nichts von Dreierbeziehungen aber in diesem speziellen Fall bin ich dazu bereit, eine Ausnahme zu machen." Magnus Antwort wurde vom Klingeln seines Handys unterbrochen. Als er das Gespräch beendet hatte, war die Freude aus seinem Gesicht gewichen. „Das war die Spurensicherung, sie haben eine Übereinstimmung. Die DNA ist von Schimanski." Während er die Rechnung bezahlte, hatte Antonia bereits einen Haftbefehl veranlasst und die örtliche Polizeistation darüber informiert, dass sie in Kürze einen Wagen zur Überführung eines Tatverdächtigen bräuchten.

„Ein Dank an die moderne Technik, der Haftbefehl wird uns aufs Handy geschickt, wir können direkt nach Lunau weiterfahren."

Bevor sie erneut starteten, nahm Magnus seine Kollegin in den Arm. „Hey, tut mir leid, dass unser Ausflug so endet, aber mein zweites Versprechen halte ich, sobald wir ein paar Minuten Zeit dafür haben." Der Kuss besiegelte das Ende der Freizeitgestaltung und weckte in Antonia den Wunsch, sich bald wieder vergnüglicheren Dingen zuzuwenden.

Der Streifenwagen wartete bereits auf sie, als sie einige Zeit später Lunau erreicht hatten. Die beiden Beamten saßen auf einer Bank vor der Pension in der Sonne und genossen sichtbar die unvorhergesehene Wartezeit.

„Tut mir leid, dass Sie warten mussten, wir haben die Nachricht unterwegs bekommen und wollten nicht erst noch mal nach München zurück, um unser Fahrzeug zu tauschen." Magnus stellte Antonia und sich vor und erklärte den beiden Polizisten, dass sie dafür gebraucht wurden, ihren Tatverdächtigen nach München ins Revier zu bringen.

Als sie die Pension betraten, stand Theo hinter dem Tresen. „Habt ihr die Polizisten herbestellt? Werdet ihr jetzt nicht mehr alleine mit uns fertig?" Sein verkniffener Gesichtsausdruck zeigte deutlich, dass er seine Verunsicherung hinter aggressivem Verhalten verbergen wollte.

Ohne auf seine Frage einzugehen, entgegnete Antonia: „Ist Schimanski im Haus?"

Zehn Minuten später hatten sie Kurt Schimanski mit einer kleinen Reisetasche versehen zu den Kollegen ins Auto gesetzt und fuhren dem Wagen voraus.

Es wurde bereits dunkel, als sie endlich das Revier erreicht und den nötigen Papierkram erledigt hatten. Schimanski saß ihnen im Verhörraum gegenüber und Antonia fiel es schwer, in ihm den freundlichen Mann wiederzuerkennen, der ihr so sympathisch erschienen war.

Er schien in den letzten Tagen zehn Jahre gealtert zu sein, tiefe Falten durchzogen sein Gesicht und die geröteten Augen spiegelten eine tiefe Resignation wider.

„Okay, ich denke, wir müssen das nicht unnötig ausdehnen", eröffnete Magnus das Gespräch. „Wir haben unter den Fingernägeln unseres Opfers Hautpartikel gefunden, deren DNA mit Ihrer übereinstimmt. Können Sie uns erklären, wie die dorthin gekommen sind und was sie mit Hansens Tod zu tun haben?"

Nach einer kleinen Pause antwortete Schimanski mit leiser Stimme: „Ich habe ihn nicht umgebracht, aber mehr sage ich nicht. Ich will einen Anwalt."

Mehr war aus ihm trotz größter Bemühungen nicht herauszubekommen und eine halbe Stunde später akzeptierten die beiden Kommissare die Sinnlosigkeit jeder weiteren Frage.

Schimanski würde die Nacht in einer Zelle verbringen, das wirkte häufig Wunder, wenn es darum ging, Leute zum Reden zu bringen. Allerdings machten sie sich in diesem Fall keine großen Hoffnungen.

„Ich glaube nicht, dass er morgen etwas sagen wird, er wirkt so ruhig und abgeklärt, als ob ihm alles egal ist. Glaubst du, wir haben auch so genug, um Anklage zu erheben?" Antonia hämmerte während ihrer Fragen auf die Tastatur ihres Computers, um den Bericht so schnell wie möglich fertigzustellen.

„Die DNA-Spuren sind deutliche Indizien, aber ohne ein Geständnis ist die Sache ziemlich wackelig. Es gibt genügend Möglichkeiten, wie sie dorthin gekommen sind, ohne dass er ihn dabei umgebracht hat. Was mich am meisten stört, ist das fehlende Motiv. Es kann doch nicht sein, dass er den Kerl nur deshalb gleich umbringt, weil Theo ihm vielleicht etwas über seine Vorlieben erzählt hat und er miterlebte, wie er die beiden Mädels angebaggert hat. Das passt nicht zu ihm, ich mag den Kerl, irgendwas ist da faul." Magnus schüttelte frustriert den Kopf, während er die ausgedruckten Berichte in einen Umschlag steckte und beschriftete.

# 21.

Als Antonia nach dem Wochenende das Büro betrat, legte Magnus eben den Hörer auf. „Das waren die Kollegen aus Köln. Sie haben die Patientenakten mit Anzeigen aus der Zeit abgeglichen und einen Treffer erzielt: Sandra Schilling war Patientin bei Dr. Hansen und hat ihn vor siebzehn Jahren angezeigt. Die Anzeige wurde damals wegen Mangel an Beweisen fallengelassen. Und jetzt wird es spannend: Die Dame hat zehn Jahre später geheiratet und einen Doppelnamen angenommen. Rate mal, welchen!"

„Keine Ahnung, sag schon." Antonia ließ sich auf ihren Stuhl fallen und stellte die Tasche neben sich auf den Boden.

„Sandra Schilling-Schimanski!" Magnus war so aufgeregt, dass er nicht mehr stillsitzen konnte. Während er durchs Büro tigerte, fuhr er fort: „Es geht noch weiter. Sandra Schilling-Schimanski hat sich vor vier Monaten das Leben genommen. Im Bericht steht, sie habe einen Abschiedsbrief hinterlassen, in dem stünde, dass sie mit den Schatten ihrer Vergangenheit nicht mehr leben könne ... bla bla bla. Sie hinterlässt einen Ehemann: Kurt Schimanski. Damit haben wir unser Motiv!"

Fassungslos schüttelte Antonia den Kopf. „Du hast Recht, reden wir noch mal mit ihm, vielleicht bricht er jetzt endlich sein Schweigen. Wann kommt der Anwalt?"

„Der ist schon da, alleine bekommen wir Schimanski nicht mehr zu fassen."

Der Anwalt war ein typischer Vertreter seiner Zunft: im grauen Nadelstreifenanzug mit ebenso farbloser Krawatte saß er mit ausdrucksloser Miene neben seinem Mandanten, als die Kommissare eintraten.

„Michael Pölitz, ich bin der Pflichtverteidiger von Herrn Schimanski", stellte er sich vor. Nach einem Blick in die vor ihm liegenden Akten meinte er herablassend: „Ihre Anklagepunkte sind meines Erachtens nach ziemlich dürftig. Wenn Sie nicht mehr zu bieten haben, schlage ich vor, dass wir das Gespräch beenden und mein Mandant endlich wieder nach Hause gehen darf." Er lehnte sich in seinem Stuhl zurück und faltete die Hände vor dem Bauch, dem das gute und reichliche Essen deutlich anzusehen war.

Magnus wechselte einen kurzen Blick mit Antonia, bevor er das Wort ergriff. „Kommissar Naumann und meine Kollegin Falkner, sehr erfreut. Bevor wir ins Detail gehen, möchte ich Ihnen unser Beileid zum Tod Ihrer Frau aussprechen, Herr Schimanski. Sie hatten bisher nicht erwähnt, dass Sie kürzlich einen Trauerfall in der Familie hatten."

Schimanski schluckte und senkte den Blick, bevor die Kommissare die Tränen sehen konnten, die in seinen Augen schimmerten.

„Und warum spielt das eine Rolle?", fragte der Anwalt ungehalten.

„Neben dem Anstand, der es gebietet, ist es insofern wichtig, weil die Ehefrau eine Beziehung zu Hansen hatte und uns damit das Motiv liefert, das uns bisher gefehlt hat." Antonia erklärte dem Anwalt in kurzen Worten von Hansens Missbrauch vor siebzehn Jahren, der erfolglosen Anzeige und dem kürzlichen Freitod. „Ich vermute, Ihre Frau ist all die Jahre nicht damit fertig geworden, was ihr damals passiert ist. Sie haben die ganze Zeit miterleben müssen, wie sehr sie darunter gelitten hat, bis sie keinen anderen Ausweg mehr gesehen hat, als sich das Leben zu nehmen." Verständnisvoll ergänzte sie: „Wer sollte es Ihnen verdenken, wenn Sie nun endlich den Menschen zur Rechenschaft ziehen wollten, der Ihnen das Liebste genommen hat?"

Schimanski hob den Blick und wiederholte: „Ich habe ihn nicht umgebracht!"

„Warum erzählen Sie uns nicht, was in der Nacht passiert ist? Vielleicht hatten Sie gar nicht die Absicht, Hansen tatsächlich zu töten. Es kann ein Unfall gewesen sein. Helfen Sie uns, zu verstehen, was tatsächlich passiert ist, nur dann können wir etwas für Sie tun." Magnus beugte sich nach vorn und hoffte, Schimanski mit seinen Worten zu erreichen.

Leider waren ihre Bemühungen ebenso vergeblich, wie am Tag zuvor. Der Angeklagte schüttelte lediglich den Kopf und blickte sie resigniert aus müden Augen an. Jegliche Lebensfreude war aus ihnen verschwunden, er schien sich mit seinem Schicksal abgefunden zu haben und zeigte kein Interesse daran, die Angelegenheit zu seinen Gunsten auszulegen.

„Na gut, Ihre Entscheidung. Wir werden Anklage erheben, Sie lassen uns keine andere Wahl. Leider haben wir auch keinerlei mildernde Umstände, die wir mit einfließen lassen können."

Als sie wieder alleine waren, seufzte Antonia frustriert. „Der Drecksack Hansen hat genau das bekommen, was er verdient hat. Ein guter Mensch hat das Richtige getan und wird nun den Rest seines Lebens hinter Gittern verbringen."

„Hey, Mord ist nie das *Richtige*, egal, ob es derjenige verdient haben mag. Das kann nicht dein Ernst sein!" Magnus musterte Antonia besorgt. „Schon gut, natürlich durfte er ihn nicht umbringen, aber das ändert nichts an der Tatsache, dass Gut und Böse gerade ziemlich durcheinandergeraten sind."

„Ihr habt Besuch, soll ich sie ins Besprechungszimmer bringen?" Lauras Anruf unterbrach das Gespräch und als beide einen Moment später erneut im Besprechungszimmer eintraten, erwarteten sie dort Franziska und Theo Dahlke.

„Was macht ihr denn hier?", fassungslos betrachtete Antonia die Geschwister, die mit ernster Miene nebeneinandersaßen und die Kommissare wortlos ansahen. Während Theo versuchte, seine Nervosität mit einem überheblichen Gesichtsausdruck zu überspielen, war Franziska mit ihren Nerven sichtbar am Ende. Sie hatte ihre blasse Miene auf die vor ihr auf dem Tisch gefalteten Hände gerichtet und Antonia konnte sehen, dass die Freundin am ganzen Körper zitterte.

„Ich möchte eine Aussage machen." Von seiner verschmitzten Miene war nichts mehr geblieben, als Theo nun leise zu sprechen begann. „Ich weiß, dass ihr Kurt festgenommen habt, angeblich soll er Hansen umgebracht haben." Er winkte ab, als Magnus ihn unterbrechen wollte. „Das war nicht so schwer rauszufinden. Aber er war es nicht!"

„Und das weißt du so genau, weil ...?", warf Antonia ein.

„Weil ich an dem Abend dabei war und Hansen noch gelebt hat, als Kurt und ich mit ihm fertig waren." Theo räusperte sich und nahm dankbar einen Schluck Wasser aus dem Glas, das Antonia ihm wortlos reichte.

Franziska griff nach seiner Hand und nickte ihm aufmunternd zu. Mit leiser Stimme fuhr er fort: „Wir haben Hansen die ganze Zeit im Auge behalten, vor allem, nachdem wir mitbekommen hatten, wie er die beiden Mädchen angemacht hat. Kurt hat mir von seiner Frau erzählt und ich ihm von dir", mit einem entschuldigenden Blick auf Antonia räusperte er sich erneut.

Magnus hatte seinen Stuhl umgedreht, bevor er sich daraufgesetzt hatte. Mit auf die Lehne gestützten Armen versuchte er den Eindruck eines vollkommen entspannten Zuhörers zu vermitteln. Der Versuch war ebenso sinnlos wie unschwer zu durchschauen, wenn man seine angespannten Muskeln und den zusammengekniffenen Mund in die Betrachtung einbezog.

Bevor Theo weitersprechen konnte, unterbrach ihn der Kommissar. „Moment Herr Dahlke, ich habe den Eindruck, dass Sie gerade dabei sind, sich selbst zu belasten. Auch wenn ich sehr an der Wahrheit interessiert bin, sollten Sie einen Moment innehalten und über die Folgen nachdenken. Brauchen Sie vielleicht einen Anwalt?"

Theo schüttelte unwillig den Kopf. „Nein, ich brauche keinen Anwalt, weder ich noch Kurt haben etwas mit Hansens Tod zu tun, das versuche ich Ihnen doch gerade zu erklären. Kann ich endlich weitersprechen?" Sein Blick wanderte zu Antonia und der flehende Ausdruck in seinen Augen versetzte ihr einen Stich.

„Okay, fahr fort. Hast du etwas dagegen, wenn wir das Gespräch aufnehmen?" Sie schaltete den

Rekorder an und nannte Uhrzeit und Beteiligte des Gesprächs, bevor sie ihn aufforderte, fortzufahren.

„Wir hatten schon ein paar Bier getrunken und waren auf dem Heimweg, als wir Hansen auf der Straße gesehen haben. Es muss gegen zwanzig Uhr gewesen sein, vielleicht etwas später. Er stand schräg gegenüber der Bohemia-Bar und hat durch das große Fenster die Gäste beobachtet. Ich weiß nicht, ob Mandy und Chantal drin waren, aber wir haben es vermutet. Auf alle Fälle hatte er ein fieses Grinsen im Gesicht ..." Theo fuhr sich durch die Haare und versuchte, sich von dem Anblick freizumachen, der ihm anscheinend überdeutlich im Gedächtnis geblieben war.

„Auf alle Fälle haben wir uns nur kurz angesehen und sind dann zu ihm rübergegangen und haben ihn in ein Gespräch verwickelt. Kurt hatte es besser drauf als ich, einen auf guten Kumpel zu machen, ich hätte ihm am liebsten eine reingehauen. Naja, wir sind dann gemeinsam durch den Ort gelaufen, haben ihn in die Mitte genommen und immer, wenn er anfing zu zögern, mit sanfter Gewalt weitergetrieben. Irgendwann waren wir ein gutes Stück aus dem Ort raus und er wurde langsam misstrauisch."

Theo verzog den Mund zu einem halbherzigen Grinsen. „Aber da war es auch schon zu spät für ihn. Wir haben ihn gezwungen, immer weiter in die Berge zu laufen, um die Uhrzeit war es ausgeschlossen, noch auf andere Leute zu treffen." Erschöpft machte er eine Pause und starrte auf das Glas, das er in den Händen hielt.

Franziska legte ihm die Hand auf die Schulter. „Mach weiter Theo, hör jetzt nicht auf, du hast es versprochen."

„Als wir weit genug vom Ort entfernt waren, haben wir Hansen gefragt, ob ihm eigentlich klar sei, was für ein Drecksack er wäre. Er hat gelacht und gemeint, wir hätten wohl etwas zu viel getrunken – mag sein, dass er damit nicht ganz unrecht hatte aber keiner von uns war betrunken. Als er gemerkt hat, dass es uns ernst war und wir einiges von ihm wussten, wurde er richtig nervös. Er hat angefangen rumzustammeln und gesagt, er wüsste nicht, was wir ihm da unterstellten, er hätte nie jemandem wirklich wehgetan." Theo schüttelte den Kopf und der Ekel, den er bei seinen Worten empfand, war ihm deutlich anzusehen.

Magnus warf Antonia einen kurzen Blick zu und versuchte, sich zu vergewissern, dass es ihr gut genug ging, um das Gespräch weiterzuführen.

„Kurt ist bei der Behauptung ausgerastet und hat Dahlke weggestoßen. Er hat ihn angebrüllt, ob er sich überhaupt vorstellen könne, was er den Frauen damit angetan hätte. Seine eigene Frau habe es selbst Jahrzehnte später nicht vergessen können und letztendlich den Tod jeder weiteren Erinnerung vorgezogen. Erst da habe ich gerafft, dass seine Frau nicht mehr lebte, er hatte mir zwar von dem Missbrauch erzählt und dass sie immer darunter gelitten hatte, aber wie sehr, habe ich erst in dem Moment begriffen ..."

Antonia wischte sich unwillig die Tränen aus dem Gesicht, die bei Theos Worten unweigerlich zu fließen begonnen hatten. Sie konnte sich sehr gut vorstellen, warum eine Frau, die sich vielleicht noch deutlicher daran erinnern konnte als sie selbst, diesen letzten Ausweg gewählt hatte.

„Die beiden haben dann ein bisschen gerangelt aber keiner hat sich dabei verletzt", versicherte

208

Theo. „Wir hatten uns vorher nicht abgesprochen, was wir als nächstes tun würden, irgendwie war die ganze Situation zu einem Selbstläufer geworden. Ein Wort gab das andere und einer von uns beiden hat Hansen dann aufgefordert, sich nackt auszuziehen. Wir wollten ihn so demütigen, wie er es bei seinen jungen Opfern getan hatte. Wir haben uns gedacht, wenn er nackt in den Ort zurückkehren würde, hätte er einiges zu erklären und bei der Gelegenheit würde vielleicht etwas genauer hinter seine Fassade gesehen. Natürlich hat er sich zunächst gewehrt, aber wir waren zu zweit, jünger, stärker …"

„und zorniger …", ergänzte Magnus und versuchte den Gedanken zu verdrängen, wie gerne er den beiden Männern beigestanden hätte.

„Wir haben seine Klamotten eingesammelt und sie ein ganzes Stück weiter unter einem Dornbusch versteckt. Ich war mir sicher, dass er die im Dunkeln ganz bestimmt nicht finden würde. Wir haben ihm noch gedroht, dass er richtig Stress bekäme, wenn er mit der Geschichte zur Polizei ginge und sind dann abgehauen. Tja, und als ich am nächsten Morgen gehört habe, dass er tot ist, hat es mir noch nicht mal leidgetan." Theo senkte den Kopf.

„Und du bleibst bei der Geschichte, dass Hansen noch gelebt hat und unverletzt war, als ihr gegangen seid?" Sicherheitshalber forderte Antonia erneut diese Bestätigung.

„Ja, das habe ich doch gesagt. Ich vermute, Kurt hat euch das noch nicht erzählt, oder zumindest verschwiegen, dass ich dabei war. Ansonsten hättet ihr mich längst wieder hierherbestellt. Wahrscheinlich versucht er mich zu schützen und denkt sich, dass es für ihn sowieso zu spät ist. Ich glaube, es ist ihm total egal, ob er ins Gefängnis muss, aber *mir* ist es nicht egal. Ihr müsst mir glauben, er hat Hansen nicht umgebracht und ich auch nicht!"

„Das ändert aber nichts an der Tatsache, dass ihr unter Umständen mitverantwortlich für seinen Tod seid", erklärte Antonia. „Du hast dich mit deiner Geschichte ziemlich belastet, auch wenn ich es sehr lobenswert finde, dass du für Kurt eintrittst. Wenn mein Kollege einverstanden ist, könnt ihr erst mal gehen, redet bitte mit niemandem darüber und haltet euch zur Verfügung."

Bei ihrer Verabschiedung zog Antonia Franziska kurz in ihre Arme. „Danke, dass ihr hier wart, ihr habt das Richtige getan."

Die Freundin nickte. „Dann macht ihr jetzt auch das Richtige und sorgt dafür, dass kein Unschuldiger hinter Gittern landet."

# 22.

Magnus schloss die Tür hinter den Geschwistern und lehnte sich mit dem Rücken dagegen. „Was hältst du von der ganzen Sache? So ist es auf alle Fälle glaubwürdiger, als wenn Schimanski alleine mit Hansen gewesen wäre, aber denkst du, sie haben ihm tatsächlich nichts getan?"

„Ich weiß nicht ... Theo ist kein schlechter Mensch, aber ganz sicher auch kein Heiliger. Wenn die ganze Sache aus dem Ruder geraten ist und Hansens Tod mehr oder weniger ein Unfall war, droht ihm trotzdem eine saftige Strafe, der er ohne dieses Geständnis vielleicht entgangen wäre. Schimanski hatten wir sowieso an der Angel und Theo konnte davon ausgehen, dass der seine Beteiligung für sich behält. Welchen Grund gab es also für eine Geschichte, die nur die halbe Wahrheit enthält? Warum sollte er sich für einen Mann, den er erst ein paar Tage kannte, selbst ans Messer liefern? Irgendwas übersehen wir, ich denke wir müssen noch mal ganz zum Anfang zurück."

„Wo fangen wir an?" Antonia hatte den Kopf auf die Hände gestützt und musterte ihren Kollegen, der inzwischen an seinem Schreibtisch saß und die Füße bequem auf der Tischplatte abgelegt hatte.

„Nach reiflicher Überlegung und genauer Abwägung bleibt uns nur eine Möglichkeit ... ganz vorne."

„Idiot!" Sein breites Grinsen führte unweigerlich dazu, dass sie sich selbst das Lachen nicht länger verkneifen konnte und ein wenig besser fühlte.

Nachdem sie den Block aus der Schublade gezogen und aufgeschlagen hatte, begann sie konzentriert zu schreiben. „Als Allererstes waren wir am Tatort, haben mit der Spusi und dem Gerichtsmediziner gesprochen und sind dann in die Pension, um mit Klara Hansen und ihren Töchtern zu reden. Das müssen wir etwas abändern, sie sind ja inzwischen wieder zu Hause, aber den Tatort müssen wir auf alle Fälle noch mal genauer unter die Lupe nehmen."

Magnus blickte auf die große Wanduhr. „Aber nicht mehr heute, bis wir dort sind ist es stockdunkel, das machen wir morgen früh."

„Müssen wir dabei den exakten Zeitplan einhalten?" Antonia erinnerte sich ungern an die Uhrzeit, zu der sie nach Lunau gestartet waren.

„Nein, sowohl dabei, als auch beim Fahrstil werden wir zu unser beider Wohl etwas abweichen. Erfreulicherweise bin ich sowieso dran zu fahren, das wird uns beiden guttun." Magnus Blick zeigte deutlich, wie zufrieden er mit diesem Entschluss war, allerdings runzelte er im nächsten Moment erstaunt die Stirn, als der erwartete Einspruch nicht prompt erfolgte.

Stattdessen grinste Antonia breit und meinte mit honigsüßer Stimme: „Da hast du unbedingt Recht und bei deinem defensiven Fahrstil – um nicht zu sagen *einschläfernden* – kann ich den fehlenden Schlaf problemlos aufholen, bis wir Lunau erreicht haben."

Im letzten Moment wich sie dem Radiergummi aus, das haarscharf an ihrem Kopf vorbeiflog und mit einem satten Knallen an die dahinterliegende Wand prallte.

„Ich bedaure wirklich, dass deine Eltern dir als Kind nicht viel häufiger den Mund mit Seife ausgewaschen haben", sagte Magnus missbilligend. „Vielleicht würdest du dann etwas länger überlegen, bevor du jeden Gedanken sofort rausplapperst. Aber zurück zum Thema: Morgen ist klar, aber gibt es nicht heute noch etwas Sinnvolles zu tun?"

Antonia nickte. „Einen Tag später hast du dich an den Computer gesetzt und ich bin in die Pathologie gefahren. Das brauche ich nicht wiederholen, aber zumindest ..." Sie kramte in ihrer Tasche und zog den Umschlag heraus, dem sie bisher keine weitere Beachtung geschenkt hatten. „Sehen wir uns die Fotos von der Obduktion noch mal genauer an, irgendetwas haben wir übersehen ..."

Bild für Bild gingen sie die Aufnahmen gemeinsam durch und versuchten, jedes Detail wahrzunehmen. Magnus sah die Bilder zum ersten Mal und musterte interessiert die Aufnahme der kleinen Brustwunde. „Dem hier haben wir bisher keine Bedeutung zugemessen. Ich frage mich, wann es dazu gekommen ist, sieh mal im Bericht nach, ob da etwas Genaueres steht. Sollte er noch angezogen gewesen sein, als er verletzt wurde, könnten Kleiderfasern in der Wunde gewesen sein."

„Und das spielt eine Rolle, weil ...?" Antonia zog fragend eine Augenbraue hoch, blätterte aber den Bericht bereits durch.

„Keine Ahnung, ich dachte, wir suchen nach etwas, das wir übersehen haben und darüber haben wir bisher nicht nachgedacht – was gibt es da zu lachen?"

„Wenn wir jetzt alles berücksichtigen, worüber wir noch nicht nachgedacht haben, sind unsere Verdächtigen wahrscheinlich an Altersschwäche gestorben, bevor wir so weit sind – naja, auch eine Form der Ermittlung", kicherte Antonia. „Hast du

213

eigentlich schon mal darüber nachgedacht, welchen Einfluss der Klimawandel auf die Geschwindigkeit hat, in der unsere Fingernägel wachsen?"

„Du bist ja heute wieder wahnsinnig komisch", stöhnte Magnus. „Entschuldige bitte, dass ich nicht erwähnt habe, dass wir über alles *fallrelevante* nachdenken sollten. Wenn dich diese anspruchsvolle Arbeit überfordert, geh doch inzwischen Kaffee kochen und überlass Papa die geistige Arbeit."

Das Geplänkel setzte sich noch einige Zeit fort und sorgte dafür, dass die Kommissare den gesamten Fall erneut Punkt für Punkt durchgingen und jeden Aspekt beleuchteten. So lächerlich es für Außenstehende auch wirken mochte, hatte sich diese Form der Zusammenarbeit bestens bewährt und beide waren froh, dass der andere dazu in der Lage war.

Am nächsten Tag stellten die Kommissare ihren Wagen vor der Pension ab und machten sich zu Fuß auf den Weg zum Tatort.

Es war ein sonniger Tag im Frühherbst, die ersten Blätter begannen bereits, ihre Farben zu wechseln und vereinzelt leuchteten rote, gelbe und orange Tupfer zwischen dem satten Grün. Noch zwei, drei frostige Nächte und die Explosion der Farben ließe sich nicht mehr aufhalten. Die Laubbäume waren zwar nicht überwiegend, aber dennoch zahlreich genug, um die Natur eindrucksvoll anzumalen.

Er genoss die Landschaft zwar lieber auf dem Rücken seiner Harley, aber gegen einen Spaziergang wie diesen gab es auch nichts einzuwenden. Dieser Gedanke erinnerte ihn wehmütig daran, dass es bald Zeit für Donnas Winterschlaf wurde.

„Ist es nicht wunderschön hier?", Antonia drehte sich mit ausgebreiteten Armen im Kreis. Magnus nickte und es tröstete ihn, dass der kommende Winter neue Erfahrungen bereithielt, die es ihm leicht machen sollten, auf sein geliebtes Zweirad eine Zeit lang zu verzichten.

Dumm nur, dass vor seinem Vergnügen die Aufklärung des Mordes stand, in Antonias Gesellschaft fielen ihm spontan wesentlich angenehmere Beschäftigungen ein.

Ihr Gesicht war durch die frische Luft gerötet und zeigte deutlich mehr Farbe als gewöhnlich. Ihre grünen Augen blitzten vor Übermut und ihr Lachen ließ die Sommersprossen auf ihrer Nase tanzen.

Nachdem er sich schnell überzeugt hatte, dass sie unbeobachtet waren, zog er sie in die Arme und gab ihr einen langen Kuss.

„Wofür war der denn?", lächelnd neigte sie den Kopf und blickte ihn fragend an.

„Dafür, dass du da bist – mehr nicht." Magnus war glücklich, in ihrer Nähe zu sein und nicht länger bereit, dieses Gefühl für sich zu behalten.

Antonia hakte sich bei ihm ein. „Dann lass uns sehen, dass wir den Fall schnell unter Dach und Fach bringen. Vielleicht können wir ja gemeinsam die Überstunden abbummeln, nur wir beide ..."

„... und Donna?", fragte Magnus hoffnungsvoll, ohne eine Antwort darauf zu erwarten.

Inzwischen hatten sie die Stelle erreicht, an der die Leiche von Hansen gefunden worden war. Hier unten gab es sicherlich keine weiteren Spuren, erfolgversprechender erschien ihnen die Klippe, an der er abgestürzt – oder hinuntergestoßen – worden war.

„Einen Spaziergang finde ich ja ganz nett, aber dieses Gekraxel braucht doch kein Mensch." Magnus lehnte sich keuchend an einen Felsen und versuchte, erst einmal wieder zu Atem zu kommen.

„Hm, Theo ist daran gewöhnt, ihm macht es garantiert nichts aus, aber Hansen und Schimanski ist es sicherlich schwergefallen, im Dunkeln hier hoch zu laufen." Antonia hatte sich inzwischen auf einen Stein gesetzt und reichte die Wasserflasche weiter, aus der sie einen großen Schluck genommen hatte.

„Die Stelle, an der die Kleidung und Schuhe von Hansen lagen, ist ein ganzes Stück entfernt." Magnus deutete auf einen Busch, an dem noch ein Band der Spurensicherung flatterte.

„Das spricht für die Geschichte, die Theo uns erzählt hat", nickte Antonia. „Nehmen wir mal an, es ist so gewesen und Hansen ist hier umhergeirrt, um seine Sachen wieder zu finden. Da könnte es ohne weiteres passiert sein, …"

„…, dass er die Orientierung verloren und ganz von alleine den Abhang hinuntergestürzt ist", ergänzte Magnus ihre Überlegungen.

„Wenn sich die Männer gegenseitig ein Alibi geben, bekommen sie höchstens eine Anzeige wegen fahrlässiger Tötung."

„Wenn überhaupt, ein guter Anwalt sollte in der Lage sein, einiges einzubringen, was sich strafmindernd auswirken wird." Magnus reichte Antonia die Hand und zog sie hoch. „Fahren wir aufs Revier zurück, ich denke, wir können den Fall zu den Akten legen."

„Lass uns trotzdem noch in der Pension vorbeischauen. Wir haben uns vorgenommen, alles noch mal durchzugehen, also hören wir jetzt nicht mittendrin auf." Antonia war zwar nicht abgeneigt, Magnus zuzustimmen, aber um wirklich einen Schlussstrich ziehen zu können, fehlte noch ein letzter Schritt.

Eine halbe Stunde später saßen die Kommissare mit Franziska und Theo im Frühstücksraum und machten sich über frischgebackenen Apfelkuchen her. Während Antonia den riesigen Berg Sahne betrachtete, den sich ihr Kollege auf den Kuchen häufte, fragte sie sich, wo er all die Kalorien hinsteckte. Sie begnügte sich lieber mit einem kleinen Klecks Sahne.

Obwohl der Fall noch nicht endgültig abgeschlossen war und Theo ein Verfahren und unter Umständen sogar eine Verurteilung drohte, war die Stimmung am Tisch deutlich gelöster als an den vorangegangenen Tagen. Die Geschwister schienen erleichtert zu sein, dass es keine Geheimnisse mehr zwischen ihnen und Antonia gab und Magnus verfolgte amüsiert die liebevolle Kabbelei der drei Freunde.

Er begnügte sich mit der Rolle des stillen Beobachters, die meisten Geschichten, über die sie lachten, kannte er ohnehin nicht und er nahm sich fest vor, der einen oder anderen interessanten Sache noch genauer auf den Grund zu gehen.

Sein Blick schweifte durch den Raum und blieb an einer Wand mit zahlreichen Trophäen erfolgreicher Jagden hängen. Mehrere Geweihe, der Kopf eines Ebers und diverse andere Dinge, die ihm einen Schauer über den Rücken jagten, umrahmten eine alte Schrotflinte, die sicherlich bereits seit vielen Jahre nur noch Dekorationszwecken diente. Ihr stumpfer und mit Rostflecken bedeckter Lauf war leicht gekrümmt und selbst ein guter Jäger hätte damit nicht zielsicher treffen können.

Ein interessantes Stück, dachte Magnus und stand auf, um es sich aus der Nähe anzusehen. Als er dicht davorstand, fiel sein Blick auf die Spitze des Laufs. Im letzten Moment zog er seine Hand zurück, mit der er die Waffe berühren wollte.

Unbemerkt war Antonia neben ihn getreten. „Was ist denn?"

Er zeigte auf das Ende des Laufs und fragte mit leiser Stimme: „Siehst du das?"

Als sie erkannte, was er meinte, schnappte sie nach Luft. „Das gibt es doch nicht, die Spitze passt haargenau zu der Verletzung auf Hansens Brust."

„Du hast Recht, wir nehmen das Ding mit und lassen es untersuchen."

Ohne ihm den Grund dafür zu erklären, bat Antonia Theo um einen großen Beutel, in dem sie das fast einen Meter lange Gewehr transportieren konnten, ohne irgendwelche Spuren zu verwischen.

„Wer hat Zugang zu diesem Raum?", fragte sie die Geschwister. „Könnt ihr euch vielleicht daran erinnern, ob das Gewehr die ganze Zeit hier gehangen hat? Wäre sein Verschwinden aufgefallen?"

„Wie der Name schon sagt, wird dieser Raum nur zum Frühstück genutzt", antwortete Theo und erklärte überzeugend, „es wäre mir garantiert aufgefallen, wenn es am Morgen gefehlt hätte, aber den Rest des Tages kommt normalerweise niemand hier rein." Er zuckte entschuldigend mit den Achseln.

Franziska ergänzte: „Außer uns selbst kann jeder Pensionsgast hier rein, es ist nie abgeschlossen. Theoretisch könnte es auch jemand von außerhalb sein, aber das ist eher unwahrscheinlich. Er müsste am Empfang vorbei und durch den halben Flur ..." Magnus schüttelte den Kopf. „Das glaube ich auch nicht. Machen wir es nicht komplizierter, als es ist. Wir warten erst mal die Ergebnisse der Spurensicherung ab. Eine letzte Frage: Wissen Sie zufällig, wann das Gewehr zum letzten Mal abgenommen oder gereinigt wurde?" Die Geschwister sahen sich fragend an. „Keine Ahnung, sicherlich schon sehr lange nicht mehr, eigentlich müsste es total verstaubt sein." Franziska pustete vorsichtig auf den Eberkopf, von dem daraufhin eine Staubwolke aufwirbelte. „Wir müssen wohl mal gründlich saubermachen."

# 23.

Auf dem Revier übergaben sie das Gewehr den Technikern mit der Bitte, es auf Fingerabdrücke und weitere Spuren zu untersuchen. Sobald sie die Flinte wieder in den Händen hielten, machten sich die Ermittler gemeinsam auf den Weg in die Pathologie.

Obwohl Magnus keinen großen Wert darauf legte, diese Räumlichkeiten aufzusuchen, würde er jetzt ganz bestimmt nicht darauf verzichten. Beide Kommissare spürten, dass sie kurz vor der endgültigen Lösung des Falles standen und diese letzte Strecke beabsichtigten sie gemeinsam zu gehen.

Ausnahmsweise fand das Treffen mit dem Gerichtsmediziner in dessen Büro statt. Es war entschieden kleiner als ihr eigenes und durch das mickrige Fenster fiel kaum Tageslicht. Das mochte aber auch an der völlig verdreckten Scheibe liegen. Sicherlich verbrachte der Doc hier nur einen Bruchteil seiner Arbeitszeit und hatte wenig Interesse daran, den Raum wohnlich zu gestalten.

Hermann Stadl erwartete sie bereits, hatte den Computer hochgefahren und die entsprechenden Fotos vergrößert. Gewissenhaft prüfte er nun die Spitze des Laufs und blickte immer wieder zum Monitor seines Computers.

„Ich denke, Sie haben Recht, der Abdruck passt exakt zu der Wunde, die Hansen auf der Brust hat. Ich habe den Bericht noch mal überprüft, es wurden keine Faserspuren, aber etwas Erde und Rinde darin gefunden, das heißt, er war bereits nackt, als ihn jemand hiermit verletzt hat. Vielleicht findet sich an der Spitze irgendein Beweis – DNA-Spuren, ein Haar oder ähnliches."

Antonia nickte. „Gut, und wenn wir Glück haben, hat der Täter keine Handschuhe getragen. Was denken Sie, ist viel Kraft erforderlich, um jemanden hiermit zu stoßen und eine Wunde zu hinterlassen ... sodass er zurücktaumelt und vielleicht abstürzt?"

„Naja, einen ordentlichen Schubs braucht es schon, aber wenn es überraschend gekommen ist, halte ich es für durchaus möglich, dass er davon ins Taumeln geraten ist." Stadl reichte die Waffe an Magnus weiter und wünschte den Ermittlern einen schnellen Erfolg, bevor er sich wieder in seine Arbeit vertiefte.

Am späten Nachmittag kam endlich der ersehnte Anruf. Tatsächlich konnten Hautrückstände an der Spitze des Laufs sichergestellt werden und der Abgleich bestätigte, dass sie von Richard Hansen stammten.

Darüber hinaus konnten zahlreiche Fingerabdrücke am Kolben abgenommen werden, die sich im jahrealten Staub wunderbar konserviert hatten.

Magnus rief die entsprechende Datei auf und erklärte begeistert: „So, jetzt brauchen wir das Ergebnis nur noch mit den Pensionsgästen und Familie Dahlke abgleichen und wir haben unseren Täter. Nur gut, dass wir von allen Personen Fingerabdrücke genommen haben, den Rest macht der Computer für uns." Zufrieden lehnte er sich in seinem Stuhl zurück, verschränkte die Hände hinter dem Kopf und wartete auf das Ergebnis.

„Lust auf eine letzte Wette?" Antonias Augen blitzten übermütig. „Was denkst du? Wer hat Hansen geschupst?"

„Ich lass mich überraschen, mit dir zu wetten, hat mir noch nie etwas eingebracht", brummte Magnus, konnte seine Aufregung jedoch auch nicht verbergen.

Einen Moment später verkündete das Programm, dass die Untersuchung abgeschlossen war.

Beide Kommissare überflogen gespannt das Ergebnis und sahen sich einen Moment später fassungslos an.

„Keine Übereinstimmung ... das kann nicht sein", Antonia schüttelte widerwillig den Kopf. „Mach nochmal, irgendwas hast du falsch eingegeben."

Strafend entgegnete Magnus: „Ich werde versuchen, dir nicht übel zu nehmen, dass du meine Fähigkeiten so in Zweifel ziehst, aber selbst *du* hättest hier keine Fehler machen können. Es gibt keine Übereinstimmung mit den Fingerabdrücken, die wir im System haben."

„Also haben wir doch nicht alle Abdrücke genommen, der allerwichtigste fehlt." Antonia blätterte in ihren Unterlagen und ging ihre Liste durch: „Dahlkes haben wir, sogar Franzis und Theos Mutter. Schimanski ist damit auch entlastet und das freut mich. Unser Motorradfahrer war es ebenfalls nicht. Die vier Frauen, Zöllner, Evers, Schmidt und Opfermann ... auch negativ. Familie Messing war bereits abgereist, vielleicht müssen wir da noch mal nachhaken. Bleiben die Damen Hansen, aber die haben wir doch auch erfasst ..." Sie verstummte und riss im nächsten Moment die Augen auf.

Magnus keuchte, „... die Schlaftablette!"

„Das gibt's doch nicht, lass uns schnell hinfahren, bevor sie sich vor Langeweile die Fingerkuppen abgekaut hat und wir keine Abdrücke mehr abnehmen können." Antonia hatte bereits die Jacke übergezogen und war auf dem Weg zum Parkplatz während Magnus sich beeilte, den Computer runterzufahren.

Während der Fahrt zum Heim der Hansens bemühten sich die Kommissare, ihre Aufregung zu zügeln. Der Gedanke daran, dass Anette tatsächlich die Täterin sein könnte, erschien beiden so unwahrscheinlich, dass sie sich zunächst noch nicht damit anfreunden konnten.

Antonia wandte sich an Magnus. „Ich schlage vor, wir spielen *Guter-Bulle-Böser-Bulle* und ich bin der ..."

Zeitgleich stießen beide hervor, „... Böse."

„Bevor wir lange rumdiskutieren, klären wir die Frage mit Schnick-Schnack-Schnuck", schlug Antonia grinsend vor und richtete im nächsten Moment verwundert den Blick auf ihren Kollegen, der wortlos den Wagen an den Straßenrand lenkte. „Was ist denn?"

„Du glaubst doch nicht, dass ich mich bei so einem wichtigen Wettbewerb vom Fahren ablenken lasse?" raunzte er sie an. „Los geht's: Eins, zwei, ..."

Im nächsten Moment streckte er ihr die Faust entgegen und stöhnte frustriert, als er ihre ausgestreckte Hand erblickte. „Sch... woher wusstest du?"

Antonia legte ihre Hand über seine Faust. „Papier wickelt Stein ein, du solltest deine Strategie von Zeit zu Zeit ändern, vielleicht hast du dann eine Chance, auch mal zu gewinnen", lächelte sie zufrieden. „So mein *lieber Bulle*, bringen wir die Sache zum Abschluss."

Auf ihr Klingeln öffnete Beate und musterte die Besucher wortlos.

„Hallo Beate, sind deine Mutter und deine Schwester zu Hause?" Antonia bemühte sich um einen geduldigen Ton, obwohl sie am liebsten im Laufschritt an ihr vorbeigerannt wäre. Dabei ließ sie ihren Blick über das Mädchen gleiten. Auch heute trug sie schwarz und der Kontrast zu ihrer fast weißen Haut tat Antonia in den Augen weh. Beate war noch blasser als an den vorangegangenen Tagen und unter den Augen hatte sie dunkle Ringe. Ihre großen ausdrucksvollen Augen waren darüberhinaus schwarz umrandet und stachen wie bei einer Porzellanpuppe hervor.

Die löchrigen Jeans saßen so knalleng, dass sie beim An- und Ausziehen sicherlich auf dem Boden liegen musste und erinnerten die Kommissarin an die eigenen Jugendsünden, bei denen sie angezogen in der vollen Badewanne gesessen hatte, um die nötige Passform zu erreichen.

Ihr Gesichtsausdruck war weniger eindeutig, die erwartete Ablehnung und Verachtung war zumindest nicht auf den ersten Blick auszumachen. Von Freundlichkeit war das Mädchen dennoch meilenweit entfernt, mürrisch zeigte sie hinter sich. „Kommen Sie rein, sie sind im Wohnzimmer."

Mutter und ältere Tochter saßen auf der Couch und sahen sich ohne sichtbares Interesse irgendeine Vorabendserie an. Beide richteten ihren Blick wortlos auf die Kommissare, die zunächst in der Tür stehengeblieben waren.

Klara Hansen trug einen hautengen Hausanzug aus bordeauxfarbenem Samt, der ihre Figur bis ins kleinste Detail betonte. Trotz aller Antipathie musste ihr Antonia zugestehen, dass sie ihre Figur nicht nur exzellent im Griff hatte, sondern auch wirkungsvoll zur Geltung brachte. Das mokkabraune Haar trug sie zu einem modischen Bubikopf geschnitten, der seidig glänzend die dezent geschminkten Wangen umrahmte.

Der Anblick der älteren Tochter führte ihr die Gegensätzlichkeit beider erneut deutlich vor Augen. Etwas anderes als Jogginghosen und Sweatshirts schien das Mädchen nicht zu besitzen und die unförmigen Kleidungsstücke umhüllten einen ebenso unförmigen Körper.

Antonia selbst liebte schlabberige Klamotten, wenn sie Sport machte oder zu Hause herumgammelte. Um die bequeme Passform zu erreichen, wählte sie eine Größe über ihrer eigentlichen. Damit waren die Ärmel und Beine *etwas* zu lang – um bei Anette denselben schlabberigen Effekt zu erzielen, würden mindestens fünfzig Zentimeter überschüssige Länge anfallen, dachte Antonia und schämte sich im nächsten Moment für ihre gehässigen Gedanken.

Das teigige Gesicht des Teenagers glänzte und betonte dadurch die unreine Haut, die immer mal wieder durch feuerrote entzündete Stellen durchbrochen wurde. Wahrscheinlich verbrachte sie geraume Zeit damit, an möglichen Pickeln herumzudrücken, anstatt ihr Gesicht und ihren Körper so zu pflegen, dass dazu erst gar keine Notwendigkeit bestand.

Niemand wurde so geboren, erst das Leben sorgte dafür, dass man sich so und nicht anders gab, machte sich Antonia klar. Was mochte ihr bereits in solch jungen Jahren zugestoßen sein, um sie zu diesem Auftreten zu bewegen?

Anette schien die Gedanken der Kommissarin zu erraten, denn ihr aufgeschwemmtes Gesicht verzog sich schmerzlich, bevor sie den Blick schnell senkte. In ihren kleinen, unerwartet ausdrucksvollen Augen lag dabei ein solcher Weltschmerz, dass Antonia unwillkürlich einen dicken Kloß im Hals verspürte.

Sollte ihr Kollege das kurze Zwischenspiel bemerkt haben, verstand er es gekonnt, die unangenehme Situation zu überspielen. „Dürfen wir eintreten?" fragte er höflich und hatte sich im nächsten Moment bereits in einen der wuchtigen Sessel fallen lassen. „Vielleicht machen sie den Fernseher einen Moment aus?"

Bei ihrer Beratung, welches Vorgehen am erfolgversprechendsten war, hatten sie sich dafür entschieden, ihre Vermutungen als Tatsachen zu präsentieren. Damit hofften sie das Mädchen so sehr zu überrumpeln, dass ihm für Ausreden keine Zeit bliebe.

Antonia richtete ihren Blick auf Anette und gab ihrer Stimme einen unversöhnlichen Klang. „Anette, wir haben das Gewehr gefunden, mit dem du deinen Vater bedroht hast. Ich denke, es wäre jetzt an der Zeit, dass du uns erzählst, was in der Nacht vorgefallen ist – ohne weitere Ausflüchte."

Alle Gleichgültigkeit war bei ihren Worten aus dem schwammigen Gesicht gewichen und die Augen des Mädchens füllten sich mit Tränen. Ihre Mutter blickte fassungslos von einem zum anderen, bevor sie sich theatralisch die Hand aufs Herz legte. Vielleicht hoffte sie spontan auf eine Herzattacke, um all dem zu entfliehen. Hinter sich hörte Antonia, wie Beate nach Luft schnappte. *Wie ahnungslos ist diese Familie? Kennen sie sich so wenig, wissen sie gar nichts voneinander?* Ihr Mitleid dehnte sich von Anette auf jede Einzelne der hier Anwesenden aus. So hatten sie sich ihr Leben sicher nicht vorgestellt und zumindest für Anette würde der künftige Weg noch steiniger werden.

Ein dunkler Schatten schien sich über die Frauen zu legen und sorgte dafür, dass Antonia und Magnus ihren Schmerz deutlich spürten.

„Ich wollte nicht, dass er gleich stirbt, das müssen Sie mir glauben." Das Mädchen sprach so leise, dass sich die Kommissare nach vorne beugten, um sie zu verstehen. Im letzten Moment holte Antonia den Rekorder aus der Tasche und schaltete ihn ein.

„Wir nehmen das alles auf, okay? Ich kläre dich nur noch kurz über deine Rechte auf, dann sind wir auf der sicheren Seite." Sie spulte die erforderlichen Sätze so schnell ab, dass Magnus verwundert die Stirn runzelte. „Hast du alles verstanden?", vergewisserte sich Antonia und wartete Anettes Nicken ab, bevor sie sie ermunterte, weiterzusprechen.

„Er war meistens weg und das war auch gut so. Mich hat er ja nicht mehr beachtet, so wie ich aussehe …", resigniert blickte sie auf ihren Körper, den das übergroße Sweatshirt eng umschloss. „Ich habe nicht gemerkt, dass er auch bei Beate …" Sie schluckte und suchte verzweifelt nach Worten, das Grauen auszudrücken. „Dann hat Beate mir die Bilder gezeigt, die auf dem Stick waren und erzählt, dass er auch sie dauernd angefasst hat. Erst wollte ich ihr nicht glauben, aber im Urlaub haben wir dann gesehen, wie er die beiden Mädchen aus der Pension angemacht hat."

Inzwischen hatte sich Beate neben ihre Schwester gesetzt. Sie reichte ihr die Hand und Antonia beobachtete gerührt, wie sich die Schwestern aneinanderklammerten.

Mit tonloser Stimme fuhr Anette fort: „Wir haben nicht wirklich darüber gesprochen, aber ich habe gewartet, bis Beate eingeschlafen war und bin dann noch mal raus. Dienstag habe ich ihn nicht mehr gesehen, aber Mittwochabend stand er vor der Bar und hat irgendwen beobachtet. Ich habe mich versteckt und als Theo und Kurt kamen, bin ich ihnen gefolgt. Sie sind ziemlich weit in die Berge gelaufen und haben ihn dann gezwungen, sich auszuziehen."

Bei der Erinnerung daran schüttelte sie sich angewidert. Den eigenen Vater nackt zu sehen, war sicherlich für keinen Teenager wünschenswert und diese Situation war so bizarr, dass Antonia ihren Ekel sehr gut verstehen konnte.

„Sie haben dann ziemlich doll gestritten, ich habe nicht alles verstanden, aber Kurt hat Vater geschubst, Theo ist dazwischen gegangen und hat ihn wieder beruhigt. Sie haben dann seine Klamotten eingesammelt und sind weggegangen."

„Was hat dein Vater dann gemacht? Hat er dich entdeckt?", gespannt wartete Magnus auf die Fortsetzung.

„Zuerst nicht, er hat versucht, seine Sachen zu finden, aber die waren zu gut versteckt." Beim Gedanken an die erfolglose Suche zog ein Lächeln über das angespannte Gesicht. „Er hat die ganze Zeit laut geschimpft und die beiden verflucht … Ich war wohl nicht vorsichtig genug, jedenfalls hat er mich dann doch entdeckt ..."

„Und dann hast du ihn mit der Waffe bedroht, die du dabeihattest? Wie kamst du eigentlich dazu?", fragte Antonia gespannt.

Eine leichte Röte zog über Anettes Gesicht. „Am ersten Abend hatte ich mein Taschenmesser mit." Sie zog es aus ihrer Hosentasche und die Kommissare mussten schmunzeln, als sie sahen, wie lächerlich klein es in ihrer Hand wirkte. Anette nickte zustimmend. „Aber dann habe ich gedacht, dass mir das auch nichts nützen würde. Das Gewehr hing doch an der Wand im Frühstücksraum. Ich habe gesehen, dass es ein ganz altes Ding war, damit konnte man nicht mehr schießen – das wollte ich auch ganz bestimmt nicht", setzte sie hinzu. „Ich hab es nur mitgenommen, weil ich dachte, im Dunkeln sieht ja keiner, wie olle es ist und wenn ich nachts alleine draußen bin, sollte ich mich vielleicht besser verteidigen können." Sie zuckte mit den Achseln und wirkte mit einem Mal viel jünger, als sie tatsächlich war.

Magnus verbot sich den Gedanken daran, dass sicherlich niemand diesem Mädchen zu nahegetreten wäre – Waffe hin oder her. „Wie ging es dann weiter?"

„Er hat gefragt, wer da sei und ich bin auf ihn zugegangen. Als er mich erkannt hat, hat er gar nicht erst versucht, sich vor mir zu verstecken – das war so eklig", schauderte Anette. „Er wollte mir dann erzählen, dass ihn zwei Männer überfallen hätten und ich sollte ihm frische Sachen holen. Ich habe ihm geantwortet, dass ich alles gehört hätte und er selbst schuld sei. Dann ist er sauer geworden und als er immer näherkam, hab ich das Gewehr gehoben und so getan, als ob ich auf ihn ziele." Die Stimme des Mädchens war inzwischen so rau geworden, dass Antonia Beate darum bat, etwas zu trinken zu holen. Nachdem Anette einen Schluck getrunken und sich energisch die Nase geputzt hatte, sprach sie mit neuer Kraft weiter.

„Er hat sich zwar erschreckt, ist aber trotzdem immer nähergekommen und hat andauernd gelacht und gesagt, ich wäre so lächerlich. Ich hab dann doch Angst gekriegt und ihn angebrüllt, er solle mich in Ruhe lassen. Dabei habe ich wie wild mit dem Gewehr rumgefuchtelt und ihn zurückgedrängt und dann ziemlich doll an der Brust getroffen. Er ist getaumelt und ..." Jetzt versagte ihr die Stimme endgültig und mit verzweifeltem Schluchzen legte sie ihre Hände vors Gesicht.

Beate schlang liebevoll den Arm um sie und sagte leise: „Du kannst nichts dafür, dass er so ein schlechter Mensch war. Sei froh, dass es vorbei ist."

„Okay Anette, versuch noch einen Moment durchzuhalten und erzähl uns den Rest", ermunterte Magnus sie.

Sie holte tief Luft, vom vielen Weinen waren nicht nur die Augen verquollen, sondern auch die Nase restlos verstopft. „Er stand inzwischen ganz nah am Rand und als er noch einen Schritt zurückgemacht hat, ist er abgerutscht und den ganzen Hang runtergefallen."

Magnus und Antonia wechselten einen Blick. Es spielte im Moment überhaupt keine Rolle, ob er nach seinem Sturz zunächst noch gelebt hatte und seine Tochter direkt weggelaufen oder noch bei ihm gewesen war. Damit würden sich die Richter und

Anwälte auseinandersetzen müssen. Ihre Arbeit war zunächst einmal getan.

Bevor sie das Haus verließen, wandte sich Antonia an Klara Hansen. „Ihre Töchter brauchen Sie jetzt beide ganz dringend. Ich denke, es ist an der Zeit, aus der Schockstarre aufzuwachen und endlich die Mutter zu sein, die die Mädchen verdient haben."

# Epilog

Inzwischen waren acht Wochen vergangen und der Fall konnte endgültig zu den Akten gelegt werden.

Antonia war nicht böse darüber, Richard Hansens Tod hatte viel zu vieles an die Oberfläche gespült, was sie sorgsam tief versenkt hatte.

Gerade lief alles im Schongang, die Wochenenden gestalteten sich erfreulich – und ungewöhnlich – ruhig. Das würde sich mit Sicherheit bald ändern, beiden Kommissaren war klar, dass sie immer nur eine Handbreit vom nächsten Fall entfernt waren.

„Ich finde, wir sollten nicht schon wieder den ganzen Tag vergammeln", Antonia kuschelte sich an Magnus und streichelte sanft über seine Brust.

„Hm, und was schwebt dir stattdessen vor?" Magnus zog Antonia in seine Arme und begann, zärtlich an ihrem Ohrläppchen zu knabbern.

„Das nicht ...", Antonia rückte vorsichtig ein Stück zur Seite. Wenn sie ihn weitermachen ließe, würden sie mit Sicherheit nicht aus dem Bett kommen. Wobei das vielleicht doch keine so schlechte Idee war – aber auf der anderen Seite sprach auch nichts gegen etwas Abwechselung.

„Was hältst du davon, wenn wir Franziska und Theo besuchen? Hast du sie seit Abschluss der Ermittlungen überhaupt noch mal gesehen?" Magnus kannte die Antwort, warum er jetzt den Finger auf diesen wunden Punkt legte, war ihm selbst nicht klar.

Antonia seufzte. „Ich habe mit Franzi telefoniert, aber irgendwie sind wir noch nicht so weit, wieder ganz normal miteinander umzugehen." Sie fragte sich, ob das überhaupt jemals wieder der Fall sein würde. Eigentlich war doch gar nichts vorgefallen, was ihrer Freundschaft solch einen Schaden hätte zufügen können. Wenn man mal davon absah, dass sie ihre älteste Freundin und deren Bruder kurzzeitig eines Kapitalverbrechens für fähig gehalten hatte. Und eben diese älteste Freundin ihr Vertrauen missbraucht hatte, indem sie ihrem Bruder Antonias bestgehütetes Geheimnis verraten hatte.

„Ich denke, ihr müsst miteinander reden – oder willst du wirklich riskieren, dass eure Freundschaft daran kaputtgeht?" Magnus wusste, wie viel die beiden sich bedeuteten und auch wenn er liebend gerne eine bedeutende Rolle in Antonias Leben spielen wollte, wusste er doch, dass er gegen eine echte Frauenfreundschaft niemals konkurrieren konnte.

„Du hast recht, aber ich weiß irgendwie gar nicht, wie ich das anstellen sollte ..." Antonia runzelte die Stirn, während sie überlegte. „Vielleicht sollte ich ihr erzählen, wie es den Hansen Mädchen geht?" Die Verhandlung war erst in einigen Monaten zu erwarten, aber bisher sah es so aus, als ob Anette mit einem blauen Auge davonkommen würde. Es zahlte sich eben doch aus, wenn man über das nötige Kleingeld verfügte, um sich einen hervorragenden Anwalt leisten zu können.

Letztendlich würde wohl nicht zweifelsfrei zu beweisen sein, dass der Schubs, den Richard Hansen mit dem Gewehr bekommen hatte, zu seinem Tod geführt hatte.

Die Kommissare hatten sich vergangene Woche noch einmal abschließend mit Frau Hansen und ihren Töchtern unterhalten und dabei interessante Details erfahren. Antonia musste bei der Erinnerung daran grinsen – natürlich war alles streng vertraulich gewesen und eigentlich hatte auch gar kein Grund bestanden, noch ein Gespräch zu führen. Aber *eigentlich* war mit Sicherheit kein Hinderungsgrund für Antonia und eine fadenscheinige fehlende Unterschrift hatte ihnen Tür und Tor geöffnet. Schließlich sei es wichtig, den Fall wirklich ohne offene Fragen abzuschließen, hatte sie ihrem Kollegen überzeugend versichert.

Auf alle Fälle würde der Anwalt dahingehend argumentieren, dass es eher eine sanfte Berührung als ein Stoß gewesen sei, der den Sturz zur Folge gehabt hatte, zumal die Wunde auf Hansens Brust tatsächlich geringfügig war. Der seelische und körperliche Missbrauch des Mädchens würde sich in jedem Fall strafmindernd auswirken.

Antonia hatte erleichtert zur Kenntnis genommen, dass es wohl nicht vorgesehen war, frühere Opfer miteinzubeziehen. Auch wenn die Gefahr gering war, dass sie auf den Fotos identifiziert würde, wollte sie lieber keinerlei Risiken eingehen.

„Egal wie, habe ich trotzdem das Gefühl, dass die ganze Sache mehr Nutzen als Schaden hatte." Magnus sah Antonia prüfend an und wartete gespannt auf ihre Begründung.

„Vielleicht ist es Zufall, aber ich habe noch nie so lange Zeit ohne Albträume schlafen können", erklärte sie leise. „Ich denke, dass es jetzt endgültig abgeschlossen ist - wurde ja auch langsam Zeit."

„Naja, für Theo und Kurt ist es noch nicht abgeschlossen", sagte Magnus. „Auch wenn ich größtes Verständnis für beide habe, war es nicht richtig, Hansen so zu attackieren. Wenn sie viel Glück haben, kommen sie mit Nötigung davon. Ich würde es ihnen wünschen."

Antonia nickte zustimmend. „Keine Ahnung, ob das für Schimanski irgendwelche Folgen haben wird, bei Theo wäre es egal – ich denke nicht, dass sein Vater ihn entlassen wird, wenn sein polizeiliches Führungszeugnis nicht mehr schneeweiß ist."

„Ne, das wird ihm nicht schaden, seine außerdienstlichen Aktivitäten mit der feurigen Schornsteinfegergattin aber vielleicht schon."

„Gut, dass wir uns darüber keine Gedanken machen müssen, aber es würde mich schon interessieren, wie die Sache weitergeht."

„Und damit sind wir wieder beim Ausgangspunkt: Du solltest Franzi wirklich anrufen und dich verabreden. Ansonsten werden dich die offenen Fragen noch auffressen", frotzelte Magnus.

„Hm, aber definitiv nicht heute. Morgen ist auch noch ein Tag."

Weitere Bücher der Autorin:

# Sunny Saga

## Teil 1 *Gebrochene Herzen*

Taschenbuch        ISBN 978-3754-328-729
E-book             ISBN 978-3756-252-961

Nataschas Leben ändert sich schlagartig, als sie Mark begegnet und in ihm die große Liebe findet. Es beginnt eine leidenschaftliche Affäre voller Heimlichkeiten und Herausforderungen. Als alles um sie herum zerbricht, sieht sie sich gezwungen, Deutschland ohne Abschied zu verlassen, um in Südafrika ein neues Leben zu beginnen. Mark ist nicht bereit, auf sie zu verzichten und begibt sich auf eine Suche, die ihn beinahe das Leben kostet.

## Teil 2 *Stürmische Zeiten*

Taschenbuch        ISBN 978-3756-829-125
E-book             ISBN 978-3756-810-864

Zehn Jahre später leben Natascha und Mark gemeinsam mit ihren Zwillingen in Südafrika. Die Teenager fordern ihre Eltern über alle Maßen. Und damit nicht genug, verschärft sich der Kampf gegen die skrupellosen Wilderer, bis die Grausamkeit ihrer Gegner die Familie gnadenlos trifft und sie zwingt, ihrem Leben eine neue Orientierung zu geben.
Als endlich Ruhe einzukehren scheint, bringt sich Daniel in Lebensgefahr und seine Behandlung führt seine Eltern zurück nach Deutschland. Während sie um sein Leben bangen, muss sich Mark mit seiner ersten Familie auseinandersetzen.

Teil 3 *Verschlungene Wege*

Taschenbuch            ISBN 978-3757-845-537
E-book                 ISBN 978-3758-390-777

Mittlerweile sind die Kinder mit der Schule fertig und stehen vor der Frage, was sie mit ihrem Leben anfangen sollen. Johanna hat in Südafrika ein neues Zuhause gefunden und stellt sich mutig den Herausforderungen, die AIDS in dieses Land gebracht hat. Mark blüht auf in seiner Tätigkeit als Reitlehrer. Als Natascha an sich eine schreckliche Entdeckung macht, fragt sie sich, wo Mark ist, als sie ihn am dringendsten braucht? Ist seine Liebe zu Natascha größer als die Reize, denen er ausgesetzt ist?